William Shakespeare

新译 莎士比亚全集

THE TEMPEST

【英】威廉·莎士比亚——著

傅光明——译

暴风雨

天津出版传媒集团
天津人民出版社

图书在版编目(CIP)数据

暴风雨 /(英) 威廉·莎士比亚著；傅光明译. --
天津：天津人民出版社, 2023.11
　(新译莎士比亚全集)
　ISBN 978-7-201-19792-0

Ⅰ.①暴… Ⅱ.①威… ②傅… Ⅲ.①多幕剧—剧本
—英国—中世纪 Ⅳ.①I561.33

中国国家版本馆CIP数据核字(2023)第185749号

暴风雨
BAOFENGYU

出　　版	天津人民出版社
出 版 人	刘　庆
地　　址	天津市和平区西康路35号康岳大厦
邮政编码	300051
邮购电话	(022)23332469
电子信箱	reader@tjrmcbs.com
责任编辑	苏　晨
装帧设计	李佳惠　汤　磊
印　　刷	河北鹏润印刷有限公司
经　　销	新华书店
开　　本	880毫米×1230毫米　1/32
印　　张	6.25
插　　页	5
字　　数	120千字
版次印次	2023年11月第1版　2023年11月第1次印刷
定　　价	58.00元

版权所有　侵权必究
图书如出现印装质量问题,请致电联系调换(022-23332469)

目录

剧情提要 / 001

剧中人物 / 001

暴风雨 / 001

《暴风雨》:一部亦悲亦喜、亦魔亦幻的浪漫传奇剧　傅光明 / 144

剧情提要

那不勒斯国王阿隆索和弟弟塞巴斯蒂安、儿子斐迪南,与米兰公国的篡位公爵安东尼奥等乘坐的船失事,他们被抛上一座荒岛。

岛上住着遭弟弟安东尼奥篡位的前米兰公爵普洛斯彼罗和女儿米兰达。米兰达深知是父亲凭强大的魔法掀起这场暴风雨,在父亲的洞窟前,她劝父亲平息咆哮的狂涛。普洛斯彼罗向充满悲悯之心的女儿坦承,他预先做了周全安排,保证船上所有人毫发无损,随后,他跟女儿讲起十二年前的往事。原来,身为米兰公爵的普洛斯彼罗潜心钻研魔法,把书房当公国,将一切政务托安东尼奥代管,没想到弟弟逐步攫取权力,并与阿隆索结盟。一天,安东尼奥命人将普洛斯彼罗和不满三岁的米兰达赶上一条小船,到了海上,把父女俩扔进一只朽烂的桶的空壳里,抛向海面,多亏老臣冈萨洛事先把一些用具、生活必需品和书籍藏在桶里。父女俩漂到这座岛上。

在岛上,普洛斯彼罗打算教化已故巫婆西考拉克斯的儿子卡利班，但卡利班天性邪恶，半点好学不来，坏事无一不能。普洛斯彼罗解救了被巫婆西考拉克斯囚禁在树中的精灵爱丽儿，并让她做自己的仆人。

爱丽儿遵从主人指令，掀起一场暴风雨，让全船人跳入大海漂到岛上，并用歌声将那不勒斯王子斐迪南引到普洛斯彼罗的洞窟。米兰达与斐迪南一见钟情，这在普洛斯彼罗预料之中，但他要考验斐迪南，便故意折磨他。普洛斯彼罗要斐迪南搬运一千根原木。

躲避暴风雨的特林鸠罗和喝醉的斯蒂凡诺遇到卡利班，卡利班喝酒后，发誓把斯蒂凡诺尊为神明，做他忠顺的臣民。爱丽儿偷听到卡利班怂恿斯蒂凡诺趁普洛斯彼罗午睡时将他杀死，然后娶米兰达当王后。爱丽儿用小鼓和木笛奏起乐曲，迷惑三个人顺着鼓声一路跟随。

斐迪南经受住考验，普洛斯彼罗答应将米兰达嫁给他，并上演一幕假面剧。正当仙女们跳起优雅的舞蹈，普洛斯彼罗猛然想起卡利班要害他性命。爱丽儿禀报普洛斯彼罗，已把他们引入洞窟后面浮满污垢的池塘。普洛斯彼罗命爱丽儿去屋里拿出事先准备好的花哨衣服，挂在洞窟外的晾衣绳上，他要放诱饵，抓这些贼人。

卡利班、斯蒂凡诺、特林鸠罗浑身湿透走来，将晾衣绳上的坎肩、长袍取下。斯蒂凡诺和特林鸠罗把卡利班的谋害计划忘到脑后，气得卡利班急火攻心干着急。这时，精灵们扮成猎狗，普洛斯彼罗驱使它们把这三个贼人当猎物来追。

阿隆索、塞巴斯蒂安、安东尼奥，及冈萨洛、阿德里安、弗朗西斯科等随行官员在荒岛另一处上岸。阿隆索断定儿子斐迪南已丧生海底。除了塞巴斯蒂安和安东尼奥,其他人都被爱丽儿催眠。安东尼奥劝塞巴斯蒂安刺死睡在身边的兄长阿隆索,得到那不勒斯。但这一切早已被普洛斯彼罗知晓,两个人刚一齐拔剑,众人同时醒来。

在众人走累休息时,几个怪物、精灵摆下一桌筵席,邀请阿隆索等一行人入席就餐。阿隆索刚要开吃,爱丽儿化作鸟身女妖出现,宣告阿隆索、塞巴斯蒂安和安东尼奥是三个罪人,三人合谋将高贵的普洛斯彼罗撵出米兰,让他和他无辜的孩子漂荡在海上。若他们不知悔改,将天怒临头。

爱丽儿禀报普洛斯彼罗,它把阿隆索及其随从关押在洞窟前那片菩提树林。普洛斯彼罗决定宽恕他们的罪过,他感到更罕贵的行为是美德,不是复仇。只要他们悔过,他不再愤怒。他命爱丽儿前去释放他们,并发誓等一切尘埃落定,他就折断魔杖,放弃魔法。

普洛斯彼罗先后挑明阿隆索、塞巴斯蒂安和安东尼奥所犯罪过,同时表示要宽恕他们。随后,斐迪南告知其父亲,他已与米兰达结为夫妻。爱丽儿按普洛斯彼罗的指令,将遇难船只的船长和水手长带来。水手长告诉大家,船已复原,水手们全都安然无恙。普洛斯彼罗命爱丽儿释放卡利班等人,他警告卡利班,若指望宽恕,必须把洞窟修饰漂亮。普洛斯彼罗宣布,次日清早启航,一路驶向那不勒斯,在那儿,他希望看到斐迪南和米兰达举行庄严的婚礼,然后,他将退回米兰,颐养天年。

剧中人物

阿隆索 那不勒斯国王　　　　　　Alonso King of Naples
塞巴斯蒂安 阿隆索之弟　　　　　Sebastian his brother
普洛斯彼罗 米兰的合法公爵　　　Prospero the right Duck of Milan
安东尼奥 普洛斯彼罗之弟，米兰的　Antonio his brother, the usurping
　篡位公爵　　　　　　　　　　Duke of Milan
斐迪南 那不勒斯国王之子　　　　Ferdinand son to the King of Naples

冈萨洛 一忠诚的枢密老臣　　　　Gonzalo an honest old counsellor
阿德里安 贵族　　　　　　　　　Adiran lord
弗朗西斯科 贵族　　　　　　　　Francisco lord
卡利班 一野蛮、畸形的奴隶　　　Caliban a savage and deformed slave

特林鸠罗 一弄臣　　　　　　　　Trinculo a jester
斯蒂凡诺 一酗酒的管家　　　　　Stephano a drunken butler
船长　　　　　　　　　　　　　Master of a ship
水手长　　　　　　　　　　　　Boatswain

水手们	Mariners
米兰达 普洛斯彼罗之女	Miranda daughter to Prospero
爱丽儿 一欢快的精灵	Ariel an airy spirit
伊丽丝 ⎫	Iris ⎫
刻瑞斯 ⎪	Ceres ⎪
朱诺 ⎬ 由精灵扮演	Juno ⎬ presented by spirits
众仙女 ⎪	Nymphs ⎪
收割者 ⎭	Reapers ⎭
其他服侍普洛斯彼罗的众精灵	Other spirits attending on Prospero

地点

海上一艘船；随后一无人荒岛。

暴风雨

本书插图选自《莎士比亚戏剧集》(由查尔斯与玛丽·考登·克拉克编辑、注释,以喜剧、悲剧和历史剧三卷本形式,于1868年出版),插图画家为亨利·考特尼·塞卢斯,擅长描画历史服装、布景、武器和装饰,赋予莎剧一种强烈的即时性和在场感。

第一幕

第一场

海上一艘船,暴风雨,电闪雷鸣之声

(船长与水手长上。)

船长　　　水手长!

水手长　　在,船长。有啥吩咐?

船长　　　好兄弟,跟水手们说,抓紧干,否则就搁浅了! 快动手,动手!(下。)

(众水手上。)

水手长　　嗨,伙计们! 振作点儿,振作点儿,伙计们! 赶快,赶快! 收起中桅帆。听船长的哨子! ——(向暴风雨。)吹吧,索性把风吹爆①,

---

① 原文为"till thou burst thy wind"。朱生豪译为:"你尽情地刮吧,直到你吹破你的肺。"梁实秋译为:"刮得你迸破了肺。"

只要海面足够行船!

(阿隆索、塞巴斯蒂安、安东尼奥、斐迪南、冈萨洛及其他人上。)

阿隆索	好样的水手长,当心。船长在哪儿?要像条汉子!
水手长	请你,待在下面。
安东尼奥	船长在哪儿,水手长?
水手长	没听见他说吗?你们毁了我们的辛劳。待在舱里!简直在帮暴风雨的忙。
冈萨洛	不,伙计,要耐心。
水手长	等大海有了耐心再说。走开!难道这海浪①会在乎国王的名义?回舱去!安静!别给我们添乱。
冈萨洛	伙计,可得记着你船上载的是谁。
水手长	没有谁比我更爱自己。②您是个枢密官,您若能令这些元素③沉默,眼下风平浪静,多一根绳索我们也不管。使用您的威权。要是用不了,就该感谢活了那么长,回自己舱里预备那不幸的一刻,万一真这样。——(向水

---

① 原文为"roarers",朱生豪译为:"波涛",梁实秋译为:"风涛"。
② 原文为"None that I more love than myself"。朱生豪译为:"随便什么人我都不放在心上。"梁实秋译为:"不管是谁,反正我爱他不能过于爱自己。"
③ 元素(elements):古代欧洲认为土、水、空气和火,是构成宇宙的四大要素,即自然力量,引申义指"海浪"或"浪涛"。

水手长　　难道这海浪会在乎国王的名义？

手们。)振作点儿,伙计们!——(向众朝臣。)别挡道,我说。(阿隆索、塞巴斯蒂安、安东尼奥与斐迪南及水手长和众水手下。)

冈萨洛　　这家伙给了我很大安慰。我觉得他身上没有淹死的记号①,活脱脱该被绞死的脸相②。仁慈的命运之神,一定要吊死他!拿他命定的绞索,做我们的锚索,因为我们自己的用不上了!他若生来不是被吊死的,我们的处境就惨了。(下。)

(水手长上。)

水手长　　放低中桅帆!快!再低,再低!尽可能稳住船!(幕内一声喊。)让这声哀号遭瘟疫!③他们叫得比这风雨、比咱干活的喊声还响。——

(塞巴斯蒂安、安东尼奥与冈萨洛上。)

水手长　　又来了!你们来这儿干什么?要我们停

---

① 淹死的记号(drowning mark):指脸上显出的不祥之兆。
② 原文为"his complexion is perfect gallows"。朱生豪译为:"他的相貌活像是一副要上绞架的神气。"梁实秋译为:"他的相貌完全是个吊死鬼的神气。"此句或为莎士比亚对谚语"生来被吊死之人,绝不会淹死"(he that is born to be hanged shall never be drowned)的化用。
③ 原文为"A plague upon this howling"。朱生豪译为:"遭瘟的,喊得这么响!"梁实秋译为:"这叫喊声好可恶!"

	手、淹死？你们想叫船沉喽？
塞巴斯蒂安	咒你喉咙害天花，你这号叫、渎神、没仁慈之心的狗！①
水手长	那你们来干。
安东尼奥	绞死，贱狗，绞死！您这低贱的、蛮横的吵闹鬼！我们没你那么怕淹死。
冈萨洛	我保证他不会淹死，哪怕这船不如一枚坚果那么坚固，而且漏得像经血止不住的②婆娘那么厉害。
水手长	迎风起帆，迎风！两张帆都升起③，出海！驶向大海！

（众水手上，浑身湿透。）

众水手	全完了！去祷告，去祷告！全完了！
水手长	怎么，我们的嘴巴非变冷不可④？
冈萨洛	国王和王子在祷告！咱去协助他们，因为咱们情形一样。

---

① 原文为"A pox o' you throat, you bawling, blasphemous, incharitable dog"。朱生豪译为："愿你喉咙里长起个痘疮来吧，你这胡言乱语、出口伤人、没有心肝的狗东西！"梁实秋译为："你颈上生疮，你这个咆哮的、侮慢的、没心肝的狗！"

② 经血止不住的(unstanched)：亦有淫荡、性欲难以满足的意思。

③ 指升起前帆和主帆，以便出海行船。

④ 原文为"must our mouths be cold"。意即"我们都得死吗？"朱生豪译为："我们非淹死不可吗？"梁实秋译为："我们一定要喝凉海水了吗？"

塞巴斯蒂安　　我的耐心用完了。
安东尼奥　　　我们的命全被这帮酒鬼骗了。这个大嘴叉子的无赖，——愿你干脆淹死，再让海潮冲十回[①]！
冈萨洛　　　　还得吊死他[②]，哪怕每一滴海水都发誓反对，豁开大嘴要吞了他。(水手长及众水手下。)

(幕内一阵嘈杂喧闹。)

舞台外人声　——"怜悯我们吧！"——"船裂了，船裂了！"——"永别了，我的妻、我的儿！"——"别了，兄弟！"——"船裂了，船裂了，船裂了！"
安东尼奥　　　咱们与国王一同淹没。
塞巴斯蒂安　　咱们去向他告别。(安东尼奥与塞巴斯蒂安下。)
冈萨洛　　　　眼下我宁愿用一千弗隆[③]海面换一亩不毛之地。——长长的帚石楠[④]，褐色的荆

[①] 旧时惩罚海盗，常趁落潮之际将其绞死，横尸海边并让尸体被海潮冲击三回，然后收尸。

[②] 意即我可不想淹死，要活到回陆地上绞死他。

[③] 弗隆(furlong)：长度单位，一弗隆等于八分之一英里，一英里约等于一千六百米。原文为"a thousand furlongs of sea"。朱生豪译为："千顷的海水。"梁实秋译为："千里的水乡。"

[④] 帚石楠(long heath, i.e. heather)：低矮的野生植物。

豆①，怎么都行。全凭上天的意志②！但我情愿落一具干尸③。(下。)

---

① 荆豆(furze)：叶带刺，开小黄花，长于荒野。
② 这是基督徒常用祈祷用语。参见《新约·马太福音》6:10："愿你的意志在地上完成，如在上天。"
③ 落一具干尸(die a dry death)：不想死在水里。朱生豪译为："死在陆地上。"梁实秋译为："死得干松些。"

第二场

岛上，普洛斯彼罗的洞窟前

（普洛斯彼罗①与米兰达②上。）

米兰达　　我最亲爱的父亲，若是您凭本领③叫狂涛如此咆哮，平息它们。苍穹，好似要倾泻恶臭的沥青，但那海面，爬上天空的面颊，熄灭电火④。啊！见他们受难，我也同样遭罪。一艘壮观的大船——不用说，里面有一些高贵的生灵——全撞成碎片。啊！那喊声敲在我的心底。可怜的灵魂⑤，他们都死了。但凡我是个有威力的神，我要在大海吞下这艘好看的船，还有满船的灵魂之前，先把海面

---

① 普洛斯彼罗（Prospero）：源出拉丁文，意即"使之成功"，在西班牙和意大利语中意即"幸运，昌盛"。
② 米兰达（Miranda）：源出拉丁文，有"惊叹、赞叹"之意，意即"受赞美之人"。
③ 本领（art）：指普洛斯彼罗凭借的魔法。
④ 电火（fire）：指雷击闪电。
⑤ 灵魂（souls）：此处泛指溺水而亡的人。

	沉入地下。
普洛斯彼罗	镇定。没什么好怕的。告诉你悲悯的心，没造成任何伤害。
米兰达	啊，凄惨的日子①！
普洛斯彼罗	没什么伤害。我所做，无一不是为了你——为了你，我亲爱的，你，我的女儿！——你对自己的出身一无所知，丝毫不知我来自何处，也不知我比普洛斯彼罗——一个破败洞窟的主人——你并不显赫的父亲②，更高贵。
米兰达	我脑子从没这么乱过。
普洛斯彼罗	是时候了，该多告诉你一些。借你的手，脱去我的魔法斗篷。③这样，(放下魔法披风。)我的法宝，躺在这儿。——擦干双眼，放宽心。海难的可怕惨状，触动了你富有同情的美德，但我在法术里预先做好了周全安排，没一个灵魂——不，尽管你听见哭号，眼见船沉，却连一根头发的损失，也没

---

① 参见《旧约·以西结书》30:2:"你要大声喊:'惨了，恐怖的日子到了!'"
② 原文为"thy no greater father"。朱生豪译为:"你的微贱的父亲。"梁实秋译为:"你的平凡的父亲。"
③ 原文为"lend thy hand / And pluck my magic garment from me"。朱生豪译为:"帮我把我的法衣脱去。"梁实秋译为:"伸过手来，把我的法衣脱下来。"

| 米兰达 | 啊,凄惨的日子! |
| 普洛斯彼罗 | 没什么伤害。我所做,无一不是为了你——为了你,我亲爱的,你,我的女儿! |

	降临在船上随便哪个生灵之上①。坐下,(米兰达坐下。)因为眼下你必须多了解一些。
米兰达	您常刚开口讲我是谁,就打住,留我徒劳地追问,结果总是"等着,还没到时候"。
普洛斯彼罗	现在时候到了,在这非常一刻叫你敞开耳朵。②乖乖的,用心听。你能回想起我们来这洞窟之前的时间吗?我想不能,因为那时你不满三岁。
米兰达	当然,先生,我能。
普洛斯彼罗	记得什么?记得别的什么房子或人?记忆里留下随便什么印记,把那影像告诉我。
米兰达	久远了,比起用记忆担保的真相,更像一场梦③。可曾有四五个女人照顾过我?
普洛斯彼罗	有,不止,米兰达。但这件事怎么活在你

---

① 原文为"No, not so much perdition as an hair / Betid to any creature in the vessel"。朱生豪译为:"但没有一个人会送命,甚至连一个头发也不会损失。"梁实秋译为:"不,你看着要沉的船里,你听见其中叫喊的人们,没有一个受到毫发的损伤。"参见《旧约·撒母耳记上》14:15:"我们指着永生上主发誓:即使他的一根头发,也不容伤害。"《新约·路加福音》21:18:"可是你们连一根头发也不至于失掉。"

② 原文为"the very minute bids thee ope thine ear"。朱生豪译为:"此时此刻就要叫你撑开你的耳朵乖乖地听着啦。"梁实秋译为:"就在这一分钟内你就要听到。"

③ 原文为"And rather like a dream than an assurance / That my remembrance warrants"。朱生豪译为:"虽然我的记忆对我说那是真实,但它更像是一个梦。"梁实秋译为:"与其说是我的记忆所能证实的真事,毋宁说是迷梦一场。"

	脑子里？在黑暗的过去和光阴的深渊里，你还看到什么？你既然记得来这儿之前的事，那没准也记得怎么来这儿的。
米兰达	这个不记得。
普洛斯彼罗	十二年前，米兰达，十二年前，你父亲是米兰的公爵，一位有权力的亲王。
米兰达	先生，您不是我父亲吗？
普洛斯彼罗	你母亲是美德的典范，她说，你是我的女儿。你父亲曾是米兰的公爵，你是他唯一的继承人，公主，出身同样高贵。
米兰达	啊，诸天！我们离开那儿，是受了什么邪恶地算计？或者说，幸亏我们这样做了？
普洛斯彼罗	都是，都是，我的女儿。我们被邪恶地算计——如你所说——从那里除掉，却在这里幸运得救。
米兰达	啊，想到给您造成的麻烦，在我记忆里缺席，我的心就流血[①]。请您，接着说。
普洛斯彼罗	我的弟弟，你的叔叔，叫安东尼奥，——请你，听好，——一个兄弟如此背信弃义！——

[①] 原文为"To think o'th' teen that I have turned you to, / Which is from my remembrance"。朱生豪译为："想到我给你的种种劳心焦虑，那些是存在于我的记忆中的，真使我心里难过得很。"梁实秋译为："我当初累你受了辛苦，我是不记得了，不过现在我想起来真是痛心。"

除了你，他是我在世上最爱之人，我把国家①交他掌管。那时，在所有执政团②中，米兰位列第一，普洛斯彼罗是首要公爵，享有如此尊荣，而且在人文学科③上，无人能及。我全心钻研那些，把内阁扔给弟弟，对国政日渐疏远，在神秘研究中，心醉神迷。你那奸诈的叔叔——你在听吗？

米兰达　　　　　先生，顶留心了。

普洛斯彼罗　　　对如何允准请愿，如何拒之，该提拔谁，该勒住谁防止越权，一旦精通，便将我手下官员重新委派，我说，或由他人替换，或另设新职。等把官员、官位都操控在手，便使所有国人之心，哼出取悦他耳朵的调子④，如今他成了一株常春藤，遮住我尊贵的树干，吸出我的汁液。——你没留心听。

米兰达　　　　　啊，仁慈的先生，留心听呢。

普洛斯彼罗　　　请你，听我说。我，如此忽视俗务，一心独

---

① 国家（state）：古代欧洲有许多城邦国家。
② 执政团（signories）：中世纪意大利各城邦共和国由执政团掌权。
③ 人文学科（liberal arts）：尤指中世纪七门人文学科，即文法、逻辑、修辞、音乐、天文、几何、算数。
④ 原文为"set all hearts i'th' state / To what tune pleased his ear"。朱生豪译为："使国中所有的人心都要听从他的喜恶。"梁实秋译为："他便随着自己的高兴操纵全国的人心。"

处,以独处改善心灵[1]。单凭如此隐居,就远在一切凡人估价之上[2],却在我奸诈弟弟的心里唤醒一种邪恶本性。我的信任,如一位好心父亲,在他身上生出一种欺诈,反过来与我的信任同样巨大,那真是没限制、没边界的一种信任。就这样,他独霸一方,不仅剥夺我的收入,还有我权力所及的其他税款。——好比一个经常说谎却明知真相之人,竟把记忆变成一个深信自己谎言的罪人[3]。——他认定自己真是公爵,篡位夺权,以威严的外表行使权力,享有一切特权。因此,野心在增长——你在听吗?

米兰达　　　　先生,您的故事能治耳聋。

普洛斯彼罗　　为在他扮演的这个角色[4]和为之扮演的本

---

[1] 原文为"bettering of my mind / with that"。朱生豪译为:"在幽居生活中修养我的德性。"梁实秋译为:"为修养心灵而研求一门学问。"

[2] 原文为"but by being so retired / O'er-prized all popular rate"。朱生豪译为:"因为和世间隔绝了,我把那事看得格外重要。"梁实秋译为:"这学问若不是需要隐逸的环境实在是比一切赞美还更有价值。"

[3] 原文为"like one / Who having into truth, by telling of it / Made such a sinner of his memory / To credit his own lie"。朱生豪译为:"像一个说了谎话的人,自己相信了自己的欺骗一样。"梁实秋译为:"恰似一个记忆错误的人说了与事实不符的话,因为屡次三番地说,把自己的谎语也认为是真实的了。"

[4] 指代替普洛斯彼罗扮演公爵这一角色。

	人①之间没有屏障，他所需要的将是"完全的米兰"②。我——可怜之人——书房便是足够大的公国。世俗之权责，他认为我力不能及。他那么渴望权力，——与那不勒斯国王结盟，向他缴纳岁贡，向他宣誓效忠，以其小王冠③向他的王冠臣服，叫这从未弯过腰的公国——唉，可怜的米兰——向最卑贱的屈服折腰。
米兰达	啊，诸天！
普洛斯彼罗	听听他的条约和结果，然后告诉我，我能称这种人为兄弟④！
米兰达	我若想到祖母有什么丢脸的事，真是罪过。⑤好娘胎会生出糟儿子。
普洛斯彼罗	现在说说条约。这那不勒斯国王，长久与我为敌，听罢我弟弟的请求，就是说，作为

---

① 本人：指安东尼奥自己。

② "完全的米兰"（Absolute Milan）："中间没有两个角色分隔的米兰"，代指做米兰的公爵，拥有绝对权力。原文为"his needs will be Absolute Milan"。朱生豪译为："他自然希望自己成为独揽米兰大权的主人翁。"梁实秋译为："他当然非真做米兰公爵不可。"

③ 以米兰公爵戴的小王冠（coronet）向那不勒斯国王戴的王冠（crown）臣服，代指米兰公国向那不勒斯王国臣服。

④ 原文为"If this might be a brother"。这句话编家向来有两种释义：一是"这是一个兄弟该有的作为"，二是"我算不算这类人的兄弟"。

⑤ 此为米兰达调侃的说法，意即我怀疑那个坏叔叔（安东尼奥）是祖母的私生子。

	对效忠条约的回报——不知得交多少岁贡——他应立刻把我和家人从公国根除,并把这美好的米兰,连同一切荣耀,授予我的弟弟。就此,征募一支叛军,在命定了目标的一天午夜①,安东尼奥打开米兰城门,死寂的黑暗里,执行者把我和哭着的你,匆忙赶走。
米兰达	哎呀,可怜!我,记不住当时怎么哭的,愿再哭一回。这件事能绞出我的双眼。
普洛斯彼罗	多听一点儿,然后把你带回眼前刚落在我们身上的事。不提这个毫不相干的故事了。
米兰达	他们那时为何不杀死我们?
普洛斯彼罗	问得好,小姑娘。我的故事激起了这个问题。亲爱的,他们没敢,百姓对我十分敬爱。对这事不仅没留下一个特别血腥的印记,反倒用更好看的颜色装饰了肮脏的目的。简言之,他们把我们赶上一条小船,载到几里格②外的海上,在那儿,他们备好一个朽烂的桶的空壳,没配装备,也没索具、没帆、没桅杆。就算老鼠也会本

---

① 原文为"one midnight / Fated to th' purpose"。朱生豪译为:"在命中注定的午夜。"梁实秋译为:"在命中注定的一个午夜里。"

② 里格(league):旧时欧洲长度单位,一里格约为五千五百米。

		能地离开。他们把我们往桶里一扔,让我们向咆哮而来的大海哭泣,向海风叹息;出于怜悯,海风回叹一口气,尽管把我们吹向大海,海风却可怜我们①。
米兰达	哎呀,当时我是您多大的麻烦啊!
普洛斯彼罗	啊,你是保护我的基路伯②!当我在重负下呻吟,用咸涩的泪滴装饰大海③,你却面带微笑,充满来自上天的刚毅,这激起我体内坚韧的勇气,去对抗即将来临的一切。
米兰达	我们怎么上的岸?
普洛斯彼罗	靠上天神意!我们有些食物,还有些淡水,是位高贵的那不勒斯人,冈萨洛,出于慈悲——当时指派他掌控这一计划——给我们的,还有丰富的衣服、亚麻织物、用具和必需品,后来都很有用。同样,出于高

---

① 原文为"To th'winds, whose pity sighing back again, / Did us but loving wrong"。朱生豪译为:"望着迎面的狂风悲叹,那同情于我们的风的叹息,反而更加添了我们的危险。"梁实秋译为:"去对狂风叹息,风因为怜悯我们叹回了一口气,是好意反倒更害了我们。"

② 基路伯(cherubin):小天使,伊甸园的守护者。参见《旧约·创世记》3:24:"主上帝赶走那人以后,在伊甸园东边安排了基路伯,又安置了发出火焰、四面转动的剑,防人接近那棵生命树。"

③ 原文为"When I have decked the sea with drops full salt"。朱生豪译为:"当我把热泪洒向大海。"梁实秋译为:"向海水洒着泪珠的时候。"

	贵,知道我爱书,他从我自己的书房拿来好些书,我对这些书的珍视在公国之上。
米兰达	但愿能见到那个人。
普洛斯彼罗	我现在起来。——(起身;又披上斗篷。)坐着别动,听我们海上伤心事的最后一段。我们到了这岛上,在这儿,我给你当教师,让你能比别的公主更受教益,她们花大把时间做更多傻事,家庭教师也不那么尽心。
米兰达	愿诸天为此答谢您!现在,先生,请告诉我——因为这事一直击打我心弦——兴起这场海上风暴,您的理由?
普洛斯彼罗	要知道这个,接着听。凭最奇怪的意外,慷慨的命运之神——如今我亲爱的女主人①——已把我的仇敌带上这片海滩。我凭预见,发现我命运的顶点仰赖一颗最吉祥的星星,若此时不寻求吉星的力量,反倒忽略,我的命运将从此衰落。到这儿别再多问,你犯困了。这睡意来得好,向它让步。——我知道你无法选择。(米兰达入睡。)——过来,奴仆,来!我现在准备好

---

① 传说中,命运之神多为女性。

了。进来,我的爱丽儿①,来!

(爱丽儿上。)

爱丽儿　　　　　万安②,伟大的主人!博学的③主人,请安!我来满足您的一切意愿。甭管天上飞、水里游、潜入地狱之火、骑在缭绕的云端,——爱丽儿和他所有伙伴,听从您强有力的指令差遣。

普洛斯彼罗　　　精灵,我命你上演一场全方位的暴风雨,可曾照做?

爱丽儿　　　　　每项都没落。我登上国王的船,忽而船头,忽而船腰、甲板、每一个船舱,我化成一团吓人的火。有时我分身,在好多地方燃烧。中桅帆上头、桅杆上的横木、撑帆的长杆,我各处放火,然后合成一团。周甫④的电闪,可怕的霹雳的先驱,不会比我更短促,眼睛跟不上。地狱火般咆哮的火焰

---

① 爱丽儿(Ariel):有"空气"的意思,在希伯来语中,有"上帝之狮"(lion of God)之意;在不同神秘学文本里,也常是一个精灵的名字;或使人联想起大天使"乌利尔"(Uriel)。

② 万安(all hail):亦可译为"致敬""万福""请安"等。

③ 博学的(grave):亦有"可敬的""尊贵的"的意思。

④ 周甫(Jove):古罗马神话中的主神朱庇特。在此将电闪喻为雷霆的先驱。"电闪""雷霆霹雳"是朱庇特的天神利器。

	和爆裂声,好似要围攻最强大的尼普顿①,叫他勇敢的浪涛战栗,对,叫他可怖的三叉戟发抖。
普洛斯彼罗	我勇敢的精灵!谁能如此坚定、如此稳重,不被这场骚乱影响理性?
爱丽儿	没一个灵魂不感受到一种疯热病,显出好些绝望的症状②。除了水手,全船人跳入起沫的海水,离开船,我所到之处全是火。国王之子,斐迪南,头发倒立——活像芦苇,不像头发——头一个跳下海,大喊"地狱空了,所的魔鬼都在这儿"。
普洛斯彼罗	啊,这才是我的乖精灵!靠近这海滩了吗?
爱丽儿	近了,主人。
普洛斯彼罗	不过,爱丽儿,他们都平安?
爱丽儿	没伤一根毛发。他们漂浮的衣服上没一点污秽,反比从前更鲜亮。而且,照您吩咐的,上了岛按组把他们分开。国王的儿子,我让他单独上岸,留在岛上一处偏僻角落,坐着,在凉风中叹气,在忧郁中双臂

---

① 尼普顿(Neptune):古罗马神话中的海神,以三叉戟为武器。
② 原文为"Not a soul / But felt a fever of the mad and play'd / Some tricks of desperation"。朱生豪译为:"没有一个人不发疯似的干着一些不顾死活的勾当。"梁实秋译为:"没有一个人不感觉到疯狂的热病,没有一个人不做拼命的勾当。"

	相交。(双臂交叉。)
普洛斯彼罗	国王的船,水手,船队其他人,说说怎么处置的?
爱丽儿	国王的船安全停在港里,在深水湾,有一回,大半夜你叫我起来,到浪涌不断的百慕大群岛采集露水,就在那儿。船藏在那儿,水手们都暂留在甲板下面,他们在风暴中经受劳累,加上我念了一道咒语,都睡了。至于船队其他人——被我驱散的——又都聚拢,在地中海上,悲伤地驶往那不勒斯,他们以为亲眼见到国王的船毁坏,船上的伟大之人惨死。
普洛斯彼罗	爱丽儿,你的责任已全部执行,但还有别的工作。这会儿什么时间?
爱丽儿	过了正午。
普洛斯彼罗	至少过了两个沙漏。[①]现在到六点,我们务必把这段时间,顶宝贵地用起来。
爱丽儿	还有苦活儿?既然你让我干活儿,我得提醒你,你答应我的事,还没做呢。
普洛斯彼罗	怎么?闹脾气?你能要求什么?

---

① 至少过了两个沙漏(at least two glasses):至少过了两个钟头;此时应为下午两点左右。沙漏(hour-glasses)为古代计时工具。

爱丽儿	我的自由。
普洛斯彼罗	工期做满之前？别再提！
爱丽儿	请你,记住,我出力效劳对得住你,没撒过谎,没犯过错,服侍你,既无怨恨,又无牢骚。你答应过我缩减一年工期。
普洛斯彼罗	我把你从怎样的折磨中解救出来,忘了？
爱丽儿	没忘。
普洛斯彼罗	你忘了。别以为能脚踩海底泥沙,顶着刺骨的北风,当大地结满寒霜之际,在大地的血管里为我做事,①就算本事。
爱丽儿	我没有,先生。
普洛斯彼罗	你说谎,恶毒的东西！你忘了,那邪恶的巫婆西考拉克斯②,她又老又恶毒,身子弯成一个圈儿？你把她忘了？
爱丽儿	没忘,先生。
普洛斯彼罗	你忘了。她在哪儿出生？说,告诉我。
爱丽儿	先生,在阿尔及尔。
普洛斯彼罗	啊,是这样吗？我非得每个月重述一遍你的过去——你都忘了。这个该下地狱的

---

① 原文为"To do me business in the veins o'th'earth / When it is baked with frost"。朱生豪译为:"在寒霜冻结着的地下水道中为我奔走。"梁实秋译为:"地面凝霜的时候到地里面给我工作。"

② 西考拉克斯(Sycorax):卡利班的母亲。此名来源不详,或源出希腊语"sus"(猪)和"korax"(乌鸦)。

|||巫婆西考拉克斯,因作恶多端,可怕的巫术耸人听闻,从阿尔及尔,你知道的,被驱逐。因她做过一件事①,他们才没要她命。不是这样吗?
爱丽儿|||是的,先生。
普洛斯彼罗|||这个黑眼圈的②巫婆身怀有孕,水手们把她丢在这儿。你,我的奴仆,照你自己说的,当时是她的仆役。再有,因你是一个太娇贵的精灵,无法执行她粗鲁、可憎的指令,拒绝她的重大决定。她在无法减缓的狂怒之下,靠更强大的帮手相助,把你关入一棵开裂的松树。囚禁在那裂缝里,你苦熬了十二年。这期间,她死了,丢你在那儿,你发出呻吟,像水车每个叶片击水那么频繁。那时这岛上,——除了她在这儿产的崽儿,巫婆生的一只小斑点狗③——不曾蒙幸有过人形。
爱丽儿|||有过,她儿子卡利班。

---

① 戏文中只字未提女巫西考拉克斯做过一件什么事。
② 黑眼圈的(blue-eyed):也可能指蓝皮。
③ 一只小斑点狗(a freckled whelp):在普洛斯彼罗眼里,怪物卡利班落生时浑身斑点,活像一只斑点狗。

普洛斯彼罗	蠢东西,我刚说过①。他,现在留下,听我差遣的那个卡利班。你最清楚我找见你时,你受的什么苦。你的呻吟使群狼长号,穿透永远发怒的熊的心窝②。那种折磨,应落在该下地狱之人的身上,西考拉克斯无法再来解除。我来了,一听你叫唤,便凭着魔法,劈开松树,放你出来。
爱丽儿	谢谢你,主人。
普洛斯彼罗	若再抱怨,我就撕开一棵橡树,把你钉进树疤的内脏,让你再号叫十二个冬天。
爱丽儿	宽恕我,主人。我愿效忠听命,乖乖地做精灵分内之事。
普洛斯彼罗	就这么办。两天后,我放你自由。
爱丽儿	真是我尊贵的主人!叫我做什么?只管说,叫我做什么?
普洛斯彼罗	去把自己变成一个海上仙女,除了你我,谁的视力也看不见。对每一只眼球,都隐形。变完这个形状,再回到这儿。去!从此勤快点儿!(爱丽儿下。)——(向米兰达。)醒来,宝贝儿,醒来。睡得很安稳,醒来。

---

① 爱丽儿反驳普洛斯彼罗,说卡利班有人形,普洛斯彼罗大怒,骂它"蠢东西",意即我刚说过卡利班是斑点狗,没人形。
② 意即卡利班的呻吟声十分惨烈,足以打动凶猛的动物。

米兰达	（醒来。）您的故事之奇异，把睡意放入我体内。
普洛斯彼罗	甩掉它。来，咱们去看一眼卡利班，我那奴隶，他对我们的问话从没好气。
米兰达	这个下贱东西，先生，我不待见他。
普洛斯彼罗	可眼下，我们缺不了他。他为我们生火，为我们砍柴，做对我们有益的事。——喂，嗬！贱奴！卡利班！你这泥块，你！回话！
卡利班	（在内。）里面柴火够用。
普洛斯彼罗	出来，我说！有别的事要你做。来，你这乌龟[①]！等什么时候？

（爱丽儿扮海上仙女上。）

普洛斯彼罗	漂亮的幻影！我灵巧的爱丽儿，附耳来听。
爱丽儿	主人，我去办。（下。）
普洛斯彼罗	（向内。）你这恶毒的奴隶！魔鬼亲自在你邪恶老娘肚里孕育的东西，出来！
卡利班	愿我老娘，曾用乌鸦羽毛[②]从最毒沼泽刷过的最邪恶的露水，滴在你俩身上！愿一

[①] 以乌龟比喻动作迟缓之人。
[②] 旧时相传女巫常用乌鸦羽毛传播疾病。

普洛斯彼罗　　喂,嗬!贱奴!卡利班!你这泥块,你!回话!

股西南风①吹上身,叫你们浑身起疱!

普洛斯彼罗　为这个②,今晚准保叫你抽筋,叫你肋部剧痛,痛得透不过气。因为刺猬③一整宿要在你全身做工,——你会被刺得像蜂巢一样密密匝匝,每刺一下比蜂刺蜇得还猛。

卡利班　我得吃饭。这岛是我娘西考拉克斯给我的,你从我手里夺去。你刚来那会儿轻抚我,善待我,给我里面放了浆果的水喝④,教我怎么给白天和夜里发光的大光、小光起名字⑤。我由此敬爱你,带你看岛上一切资源,清泉、盐坑、荒地、沃土。你居然那么做,真该受诅咒!愿西考拉克斯的所有符咒——癞蛤蟆、甲壳虫、蝙蝠——都落在你们身上!因我早先给自己当国王,而今成了您唯一臣仆。您把我圈禁在这粗硬的岩石里⑥,同时把我与全岛隔离。

普洛斯彼罗　你这满嘴谎言的奴隶,一条皮鞭才能叫你

---

① 西南风(southwest):相传西南风能带来致病的湿毒空气。
② 意即为你刚发下的这个诅咒。
③ 可能指真实的刺猬,也可能指精灵将扮成刺猬来折磨卡利班。
④ 可能是用葡萄酿的淡酒,或用杜松浆果做的杜松子酒。
⑤ 意即教我怎么给日月起名字。参见《旧约·创世记》1:16:"于是,神造了两个大光,大的管昼,小的管夜,又造众星。"
⑥ 即岩石洞窟。

	动心,而非仁慈!我拿你——你这样的腌臜货——当人来待,让你住在我自己的洞窟,直到你企图损毁我孩子的贞洁。
卡利班	啊嚸!啊嚸!——干成就如愿啦!你阻止了我,不然,我要在岛上生好多卡利班。
普洛斯彼罗	可憎的奴隶,半点好学不来,坏事无一不能!我可怜你,费力教你说话,每个钟头教你一两样东西。那时候,你这野人,连自己说什么都不懂,只能呜里哇啦,像个最粗野的东西,我赋予你用言语表达目的,能让人懂什么意思。可你天性邪恶——尽管学了——却无法叫善良的本性在里面同住。因此活该把你圈禁在这岩石里,你理应受到比圈禁更重的惩罚。
卡利班	你教我语言,从那上得的好处是,我知道怎么诅咒。就冲您教了我语言,愿红瘟①灭掉您!
普洛斯彼罗	巫婆崽子,滚!去给我们拿柴火,快。最好快点儿,还有别的活干。敢耸肩,你个恶种?我吩咐的,你若不理睬,或干得不情愿,我就让你受罪,浑身抽筋,让你全身

---

① 红瘟(red-plague):病症主要是红痧疮和排血。

	骨头疼,让你哭号,那喧嚣野兽听了都要发抖。
卡利班	不,求你。——(旁白。)我必须听从,他的魔法力量那么强大,连能掌控我老娘的神,赛特波斯①,都变成他的仆从。
普洛斯彼罗	那就,贱奴,滚开!(卡利班下。)

(爱丽儿隐身上,边舞边唱;斐迪南随后。)

爱丽儿	(唱。)
	快来这片黄沙滩,
	来了之后手牵手。
	屈个膝,吻个嘴,②——
	风浪随之变平静。——
	舞步灵巧四处跳,
	可爱的精灵们,
	来齐声唱副歌。
众精灵	(幕内,歌声散乱。)
	听,听!汪汪!
	看门狗在叫:汪汪!
爱丽儿	听,听!我听见,

---

① 赛特波斯(Setebos):16世纪旅行纪事中提到的南美巴塔哥尼亚(Patagonian)的一个神。

② 指见面时的屈膝亲吻礼。

	昂首阔步的雄鸡叫：
	喔——喔——喔喔喔喔啼。
斐迪南	这乐声在哪儿？在天上？还是地下？听不到了。——嗯，没错，它在侍奉岛上的什么神。我坐在岸上，再次为遇难的父王落泪，这乐音从海面溜进我心头，凭那甜美的旋律，平息了海上怒涛和我的痛楚。我一路跟随，——或是它有意引领，——但它停了。不，又开始了。
爱丽儿	（唱。）
	你父亲躺在五寻①深，
	遗骨变成了珊瑚；
	一双眼变成珍珠。
	周身无一丝凋萎，
	但经受海水转换，
	化成华贵奇异之物。
	海仙女每个钟点敲一下丧钟。
众精灵	（幕内。副歌合唱。）
	叮咚。
爱丽儿	听！我听见，——叮咚的钟声。

---

① 五寻（fathom five）：寻为测水深的计量单位，一寻等于六英尺，一英尺约为三十厘米；五寻，即三十英尺。

斐迪南	这歌词在追忆我淹死的父亲。这不是凡尘之事,这音调不归世间。——此时听它在我心头。
普洛斯彼罗	(向米兰达。)升起你流苏般的眼帘①,说看到那边的什么。
米兰达	那是什么?一个精灵②?天哪,它在四处张望!相信我,先生,它身姿帅气。——可它是个精灵。
普洛斯彼罗	不,姑娘。它吃,它睡,与我们有同样的感官,一样的。你见的这帅小伙,是遇难船上的。若非染上些悲伤,——那是美貌的蛀虫——你大可以说他相貌英俊。他失去同伴,正四处找寻他们。
米兰达	我可以说他是件神圣之物,因我所见之人没一个如此高贵③。
普洛斯彼罗	(旁白。)进展顺利,我看,正如我灵魂之指向。——(向爱丽儿。)精灵,出色的精灵!

---

① 原文为"The fringed curtains of thine eye advance"。朱生豪译为:"抬起你的被睫毛深掩的眼睛来。"梁实秋译为:"抬起你的眼睑。"

② 原文为"a spirit"。参见《新约·马太福音》14:26:"门徒看见他(耶稣)在海面上走,惊慌了,说:'是个幽灵!'"

③ 原文为"I might call him / A thing divine, for nothing natural / I ever saw so noble"。朱生豪译为:"我简直要说他是个神圣,因为我从来不曾见过宇宙中有这样出色的人物。"梁实秋译为:"我可以说他是神圣的,因为我从未见过自然界中有如此高贵的东西。"

斐迪南　　这歌词在追忆我淹死的父亲。这不是凡尘之事,这音调不归世间。——此时听它在我心头。

	为这个,我两天之内,放你自由。
斐迪南	千真万确,那些歌①侍奉的就是这位女神!——(向米兰达。)允我祈祷,让我知晓,您是否住在这岛上,我如何在这儿容身,您可愿给些好的指点。我的首要请求,要留待最后宣布,那就是,——啊,您真令人惊奇!②——您是不是一位处女③?
米兰达	毫不惊奇,先生,我当然是位处女。
斐迪南	我的语言?诸天!——若仅在说这种语言的地方④,在说这种语言的人里,我身份最高贵⑤。
普洛斯彼罗	怎么?最高贵?那不勒斯国王若听到这话,你算老几?
斐迪南	孑然一身⑥,就像现在这样,听你提及那不勒斯国王,我吃了一惊。他听见我了⑦,正

---

① 即爱丽儿和精灵们唱的歌。

② 啊,您真令人惊奇!(O you wonder!):英文"wonder"与米兰达(Miranda)名字的拉丁词根"mirandus' i.e. wonderful"具双关意。

③ 意即您是不是一位人间女子?

④ 即那不勒斯。

⑤ 斐迪南以为父亲被淹死了,作为王子,由他继任国王,在那不勒斯的身份当属最高贵。

⑥ 孑然一身(A single thing):或有三层意思,一是父王已死,剩下我自己;二是父王死了,我成了孤独的那不勒斯国王,国王和我是同一人;三是我是个单身汉。

⑦ 他听见我了(he does hear me):此处,"他""我"都是斐迪南自己。意即因父王溺毙继承王位的"我"听到自己的悲伤。

	因如此，我才流泪。本人正是那不勒斯国王，从瞧见父王遇难，我这双眼迄今没退过潮①。
米兰达	哎呀！可怜！
斐迪南	对，的确，和所有朝臣。米兰公爵也与自己英俊的儿子失散。
普洛斯彼罗	（旁白。）米兰公爵和他更俊俏的女儿能挑战你，倘若现在适合这样。——两人初相见，便眉眼传情。——（向爱丽儿。）机灵的爱丽儿，为此我要还你自由！——（向斐迪南。）我有句话说，高贵的先生，一句话，恐怕您弄错了自己的什么②。
米兰达	（旁白。）为什么父亲的话这么刺耳？这是我生来见过的第三个男人，第一个渴慕之人。愿悲悯打动父亲，与我趋于一致！
斐迪南	（旁白。）啊！若是个处女，爱情从无所属，我要让您成为那不勒斯的王后。
普洛斯彼罗	稍等，先生，我还有话。——（旁白。）他俩已彼此生情，但我一定得把这飞速之事变难，以免赢得太容易，反使奖品变轻。——

---

① 退潮（ebb）：意即哭干泪水。原文为"Who with mine eyes, ne'er since at ebb"。朱生豪译为："我的眼泪到现在还不曾干过。"梁实秋译为："我这两眼便还不曾干。"

② 意即怕是您弄错了自己的身份。

	(向斐迪南。)我还有话。我命令你听好,你在这儿篡夺非分之名,到这岛上当奸细,要从我这岛主人手里,赢取它。
斐迪南	不,我岂是那种人。
米兰达	这样一座殿堂①,岂能住什么邪恶之物。假如坏灵魂有如此美丽居所,美善之物势必抢先去住。
普洛斯彼罗	(向斐迪南。)随我来。——(向米兰达。)别替他说好话,他是反贼。——(向斐迪南。)来,我要你脖子、双脚锁一起。给你喝海水;食物是淡水珠蚌②、枯草根和为橡树果做摇篮的果壳。
斐迪南	不! 我要抗拒这种对待,直到敌人的力量胜过我。(拔剑;但被魔法所制,动弹不得。)
米兰达	啊,亲爱的父亲! 考验他别太鲁莽,因他生性高贵,并不吓人。
普洛斯彼罗	什么,我说,拿脚丫子教脑袋③?——(向斐迪南。)收起你的剑,反贼。你顶多咋呼一

---

① 殿堂(temple):米兰达以此形容斐迪南之躯体。参见《新约·哥林多前书》3:16:"你们是上帝的殿堂,上帝的灵住在你们里面。"
② 淡水珠蚌(mussels):淡水珠蚌不能食用。
③ 拿脚丫子教脑袋(My foot my tutor):你身为我女儿,该听从我,竟敢来教训我? 此句或为对谚语"别把脚当头"(do not make the foot the head)的化用。朱生豪译为:"小孩子倒管教起了老人家来了不成?"梁实秋译为:"你反倒教训起我来了?"

	下,不敢真打,因为愧疚占据了你的良心。脱去防守姿势,因为凭这根木根,(挥舞魔杖。)我就能解除你的武装,把剑打落。
米兰达	(双膝跪地。)求您啦,父亲!
普洛斯彼罗	走开!别扯我衣服。
米兰达	先生,可怜他,我为他担保。
普洛斯彼罗	住口!再多嘴,即便不恨你,我也要骂你。怎么,替一个骗子辩护?嘘!你只见过他和卡利班,以为再没有像他这种外形的?傻姑娘,跟大多数男人比,这是个卡利班,而跟他一比,他们就成了天使。
米兰达	那我的爱情最谦卑,我没有野心去见更俊美的男人。
普洛斯彼罗	(向斐迪南。)过来,顺从。你的筋肉又回到婴儿期,没一丝力气。
斐迪南	真这样,我的生命力,像在梦里,都被捆住。父亲的死,无力的虚弱感,所有遇难的朋友,还有这个将我制服之人的威胁,对我都无足轻重,唯愿每天能从牢狱中见这姑娘一次。大地上其他任一角落[①],让自由

[①] 参见《新约·启示录》7:1:"此后,我看见四位天使站在大地四角,执掌四面的风。"

	之人享用。我在这座牢狱,空间足够。
普洛斯彼罗	(旁白。)起作用了。——(向斐迪南。)过来。——(向爱丽儿。)干得好,精明的爱丽儿!——(向斐迪南。)跟我来。——(向爱丽儿。)听好你还要替我做什么。
米兰达	(向斐迪南。)放宽心,我父亲的脾气,先生,要比他言语表现出来的好。他刚才那口气,很异样。
普洛斯彼罗	(向爱丽儿。)你将像山风一样自由,但若要如此,得把我命令的事全部办妥。
爱丽儿	绝不走样[①]。
普洛斯彼罗	(向斐迪南。)走,跟上。——(向米兰达。)别替他说好话。(众下。)

---

① 绝不走样(To th'syllable):直译为"一个音节也不差"。

第二幕

第一场

岛上另一部分

(阿隆索、塞巴斯蒂安、安东尼奥、冈萨洛、阿德里安、弗朗西斯科及其他人上。)

冈萨洛　　　　　(向阿隆索。)恳请您,先生,高兴起来。您有理由——我们也都有理由——欢欣,因为我们的逃生远超过死亡。我们悲痛的情形很普遍:每天总有些水手的妻子、商船主人,还有商人,有与我们同样悲伤的话题①。但因这一奇迹——指我们得以保命——数百万人中极少有谁能像我们这样谈起。所以,高贵的先生,要把我们的悲伤与宽慰,明智地称量一下。

阿隆索　　　　　请你,安静。

塞巴斯蒂安　　　(与安东尼奥一旁交谈。)他接受安慰就像喝凉

---

① 原文为"Have just our theme of woe"。朱生豪译为:"遭到和我们同样的逆运。"梁实秋译为:"有和我们同样的悲哀的资料。"

	菜粥①似的。
安东尼奥	劝慰者不会就此罢休。
塞巴斯蒂安	瞧,他正给自己聪明的时钟上紧发条,过会儿就敲响②。
冈萨洛	(向阿隆索。)先生,——
塞巴斯蒂安	一下,数好喽。
冈萨洛	若每一次呈现的悲伤都被欣然接受,那接受者就会得到——
塞巴斯蒂安	(旁白;向安东尼奥,却被冈萨洛听到。)一块大洋③。
冈萨洛	他很伤心,没错。您说的,比原打算要说的,更准。
塞巴斯蒂安	您理解的,比我原本想的,更深远。
冈萨洛	(向阿隆索。)因此,主上。——
安东尼奥	呸,他真会浪费舌头!
阿隆索	(向冈萨洛。)我请你,打住。
冈萨洛	好,我说完了。不过——
塞巴斯蒂安	他又要开口。

---

① 凉菜粥(cold porridge):指里面放了些豌豆(peas)的冷燕麦粥。塞巴斯蒂安在此玩起双关梗语言游戏,他故意把阿隆索上句所说的"安静"(peace)听成"豌豆"(peas)。

② 塞巴斯蒂安向安东尼奥挖苦冈萨洛,随时准备劝说阿隆索。

③ 一块大洋(dollar):一种大面额银币。与"悲伤"(dolour)谐音双关,故冈萨洛下句以"伤心"(dolour)回敬。

安东尼奥　　　他和阿德里安,咱赌一把,谁先打鸣①?

塞巴斯蒂安　　老公鸡②。

安东尼奥　　　小公鸡③。

塞巴斯蒂安　　赌!赌什么?

安东尼奥　　　笑一阵儿。④

塞巴斯蒂安　　赌了!

阿德里安　　　虽说此岛看似荒凉——

塞巴斯蒂安　　哈,哈,哈!⑤

安东尼奥　　　好,赌注清了。

阿德里安　　　不宜居住,难以到达——

塞巴斯蒂安　　不过——

阿德里安　　　不过——

安东尼奥　　　他不会没话接。

阿德里安　　　这里一定清幽、娇嫩,而且舒爽宜人⑥。

安东尼奥　　　"宜人"是个寻欢作乐的女人⑦。

---

① 打鸣(crow):以公鸡打鸣比喻开口说话。
② 代指冈萨洛。
③ 代指阿德里安。
④ 此句源出谚语"谁笑到最后谁最棒"或"赢者发出笑"(He who laughs last laughs best or He laughs that wins)。
⑤ 莎评家在此向有两种解释,一是塞巴斯蒂安愿赌服输,发出"哈哈哈"一阵笑声;二是塞巴斯蒂安在笑阿德里安所说"看似荒凉",因他觉得此岛肯定荒凉。
⑥ 原文为"subtle, tender, and delicate temperance"。参见《旧约·以赛亚书》47:1:"因你不再被称作柔弱、娇嫩(tender and delicate)。"
⑦ 安东尼奥误以为阿德里安上句所说表示气候的"temperance"(宜人)是个女人的名字。

塞巴斯蒂安	对,按他最郑重其事的说法,还有心计①呢。
阿德里安	这儿的海风,吹在我们身上最甜美②。
塞巴斯蒂安	好像风有双肺,肺都烂了。
安东尼奥	要么被一片沼泽熏了香气。
冈萨洛	这儿的一切都对生活有益。
安东尼奥	的确,除了吃住的办法。
塞巴斯蒂安	丝毫没有,有也极少。
冈萨洛	青草多么繁盛丰茂!多么翠绿!
安东尼奥	土地确实是棕黄色。
塞巴斯蒂安	里面有一点淡绿色。
安东尼奥	他错得不算多。
塞巴斯蒂安	对,只是整个弄错。
冈萨洛	但稀罕的是——的确难以思议——
塞巴斯蒂安	许多稀罕事都这样。
冈萨洛	——我们的衣服,都被海水浸透,尽管如此,却保持鲜亮和光泽,不像被海水玷污过,更像崭新的。
安东尼奥	他若有个衣兜能说话,不会说他撒谎吗?③

---

① 心计(subtle):暗指懂得如何贪图性享乐。此句原文为"Ay, and a subtle, as he most learnedly delivered"。朱生豪译为:"照他那样文质彬彬的说法,而且很温和哩。"梁实秋译为:"对了,并且还很狡诈呢;照他刚才顶渊博地说的。"

② 原文为"The air breathes upon us here most sweetly"。朱生豪译为:"吹气如兰的香风飘拂到我们的脸上。"梁实秋译为:"空气吹在我们身上倒是很新鲜的。"

③ 意即冈萨洛身上至少有一个衣兜被海水弄脏了。

塞巴斯蒂安	会,要不把证据藏起来。
冈萨洛	依我看,衣服现在鲜亮的,就像咱们去非洲,第一次穿时,参加国王美丽的女儿克拉丽贝尔和突尼斯国王的婚礼。
塞巴斯蒂安	一桩甜美的婚姻,咱们归程也很顺利。
阿德里安	此前,突尼斯从未受恩典,有过如此绝世王后。
冈萨洛	寡妇狄多①之后,没有过。
安东尼奥	寡妇! 这话该遭瘟疫!②怎么说起"寡妇"? 寡妇狄多!
塞巴斯蒂安	他若也说起鳏夫埃涅阿斯怎么好? 天哪③,您何言以对?
阿德里安	您说,"寡妇狄多"? 容我寻思一下。她是迦太基的,不是突尼斯的。
冈萨洛	这突尼斯,先生,从前是迦太基④。
阿德里安	迦太基?
冈萨洛	我向您保证,迦太基。

---

① 狄多(Dido):古迦太基女王。特洛伊陷落后,英雄埃涅阿斯(Aeneas)来到迦太基,当时寡居的狄多爱上埃涅阿斯,后埃涅阿斯不辞而别,乘船溜走,狄多自焚殉情。埃涅阿斯在特洛伊陷落时丧妻,故下句台词称"鳏夫埃涅阿斯"。

② 原文为"A pox o'that"。朱生豪译为:"该死!"梁实秋译为:"少说这话。"

③ 天哪(Good lord):"牛津版"为"Good God"(仁慈的上帝)。在特洛伊战争时代,尚没有基督教的上帝。

④ 迦太基(Carthage):迦太基距突尼斯约十英里,迦太基覆灭后,突尼斯成为该地区最重要的城市。

安东尼奥	他这话比那神奇的竖琴更神奇①。
塞巴斯蒂安	他立起城墙,也造了房子。
安东尼奥	下一个不可能的事,他要做什么?
塞巴斯蒂安	我想他会把这个岛放衣兜里带回家,当成苹果送儿子。
安东尼奥	再把苹果核播在海里,种出更多海岛。
冈萨洛	对②。
安东尼奥	哎呀,没错,马上就好。
冈萨洛	(向阿隆索。)先生,我们正谈论,咱们的衣服现在鲜亮的,好似在突尼斯参加您女儿的婚礼,——如今她是王后。
安东尼奥	也是去到那儿的最艳丽的一个。
塞巴斯蒂安	我求您,别再提寡妇狄多。
安东尼奥	啊,寡妇狄多?对,寡妇狄多!
冈萨洛	(向阿隆索。)先生,我的紧身夹克不是跟头回穿时一样新吗?我意思是,某种角度——

---

① 古希腊神话中,主神宙斯(Zeus)之子安菲翁(Amphion)以竖琴之乐音重建起古希腊另一主要城邦底比斯(Thebes)的城墙。

② 可能是冈萨洛在重申突尼斯就是迦太基;也可能是对安东尼奥上句用苹果核种出更多海岛的反讽式回答;而下句安东尼奥再回以反讽"没错,马上就好"(意即说着话就把海岛种出来)。

安东尼奥	那个"某种"算捕到鱼了。①
冈萨洛	——我在公主婚礼上穿的时候。
阿隆索	您不顾我胃口食欲,硬把这些话塞进我耳朵。真愿我从没把女儿嫁过去!因为,从那儿回来,我失去了儿子。况且,——依我看——女儿也一样,离意大利那么远,甭想再见到。啊,你,我那不勒斯和米兰的继承人,什么怪鱼拿你当饭吃了?
弗朗西斯科	先生,他可能活着。我见他击打身下的海浪,骑在波涛的背上。踩着水,把海水的敌意推到一边,挺胸迎上涌涨最凶的浪头。大胆的头颅一直露在好斗的浪涛之上,在奋力击打中用健硕的双臂划向岸边,那被侵蚀的悬崖底部凸出来,向海里弯曲,好像要俯身救援。我确信,他活着上了岸。
阿隆索	不,不,他死了。
塞巴斯蒂安	(向阿隆索。)先生,为这一巨大损失,您该感谢自己,您不愿用女儿祝福我们欧洲,宁可把她丢给一个非洲人,至少,她在那儿,

---

① 原文为"That sort was well fished for"。意即"某种"算说到了点子上。朱生豪译为:"那'几分'你补充得很是周到。"梁实秋译为:"最后这一句令人等了好半天了。"

	算从您眼睛里遭了放逐,您有理由伤心落泪①。
阿隆索	我请你,安静。
塞巴斯蒂安	我们都向您下过跪,恳求您别这样做。美丽的灵魂自身②在嫌恶和顺从间衡量,不知天平的一半该沉向哪头。我们失去了您儿子,恐怕,永远。米兰和那不勒斯因这件事增添的寡妇,多过我们能带回去安慰她们的男人。这个错,在您自身。
阿隆索	这也是最珍贵的损失③。
冈萨洛	塞巴斯蒂安大人,您说的实话缺了些温情,时机也不合适。该拿膏药的时候,您却揉擦疮口。
塞巴斯蒂安	很好。
安东尼奥	最像外科大夫。
冈萨洛	(向阿隆索。)当您一脸阴云,高贵的先生,我

---

① 原文为"Where she at least is banish'd from your eye, / Who hath cause to wet the grief on't"。朱生豪译为:"因为至少她已经不在您的眼前,可以免得您格外触景生情了。"梁实秋译为:"至少您是不能再看见她,这也就很够令您落泪。"

② 美丽的灵魂自身(fair soul herself):指公主自己。此句原文为"the fair soul herself / Weigh'd between loathness and obedience' at / Which end o' the beam should bow"。朱生豪译为:"她自己也处于怨恨和服从之间,犹豫不决应当迁就哪一方面。"梁实秋译为:"美貌的公主她自己也很犹豫,又厌恶这婚姻,又不敢不服从,不知何所适从。"

③ 意即失去斐迪南是珍贵的损失。

|||们便都遇上了坏天气。
塞巴斯蒂安|坏天气?
安东尼奥|非常糟。
冈萨洛|主上,在这岛上,我若能殖民①——
安东尼奥|他要播种荨麻籽。
塞巴斯蒂安|要么酸模草,要么锦葵②。
冈萨洛|若在岛上当了国王,我会怎么做?
塞巴斯蒂安|因为没酒喝,能逃过一醉。
冈萨洛|我在这个国家,一切要反其道而行之。任何商贸,一律不准;没有执行官之名;学问之事不为人知;财富、贫穷、雇佣仆役,一样没有;契约、遗产、边界、地界、农田、葡萄园,一样没有;金属、谷物、酒呀、油呀③,一样不用;没有职业,所有男人,都闲着;女人也闲着,——都只天真、纯洁;没有王权——
塞巴斯蒂安|可他要在岛上当国王。
安东尼奥|他那国家的末尾忘了开头儿。

---

① 殖民(plantation):具双关意涵,亦指"种植"(planting);故安东尼奥下句接话"播种"(sow't)。
② 酸模草(docks):一种阔叶长根的野草。锦葵(mallow):一种草本植物,可作药用。
③ 参见《旧约·申命记》7:13:"他要爱你们,赐福给你们……有五谷、酒、橄榄油和大群的牛羊。"

冈萨洛	一切公共之物,大自然都能制造,无须流汗或尽力。叛国、重罪、剑、矛枪、刀、枪,或任何所需设备,我一样不要。但自然之所属,均由大自然生产,一切丰收,一切富足,来喂养我纯朴的人民。
塞巴斯蒂安	他的臣民都不结婚?
安东尼奥	不结,老兄。所有人都闲着,——净是妓女、无赖。
冈萨洛	我愿这样完美地统治,先生,超过黄金时代①。
塞巴斯蒂安	神佑陛下!
安东尼奥	(鞠躬。②)冈萨洛万岁!
冈萨洛	还有——先生,您在听吗?
阿隆索	请你,别说了。你说的跟我毫不相干。
冈萨洛	我深信陛下。我在给这几位贵人提供机会,他们的双肺如此灵敏、迅疾,惯于对毫不相干的事发笑。
安东尼奥	我们在笑您呐。
冈萨洛	在这种欢闹耍笑中,对你们来说,我是乌有之物。所以,你们不妨对着乌有之物继

---

① 黄金时代(golden age):古希腊神话中人类社会的第一个时代,这一时代的人们像神一样无忧无虑地生活,无须劳动,幸福安康。
② 舞台演出时,安东尼奥此时也可能是脱帽高呼"冈萨洛万岁"。

	续发笑。
安东尼奥	这下打得够厉害！①
塞巴斯蒂安	多亏剑刃没落下。②
冈萨洛	二位是英勇材质③之人，倘若月亮连着五个礼拜没变化，你们会把它从轨道里挖出来。

(爱丽儿隐形上，奏庄严乐曲。)

塞巴斯蒂安	我们会这样做，然后挑着灯笼去捉鸟④。
安东尼奥	不，高贵的大人，别生气。
冈萨洛	不气，我向您保证。为这点小事岂能让我的判断力冒风险⑤。我困极了，你们干脆把我笑睡了吧。
安东尼奥	去睡，听我们笑。(除阿隆索、塞巴斯蒂安与安东尼奥，均入睡。)
阿隆索	怎么，都睡这么快？真愿我双眼，连同思

---

① 这下打得够厉害！(What a blow was there given!)：这话说得真够狠！朱生豪译为："好一句厉害的话！"梁实秋译为："这是何等的一下打击！"

② 多亏剑刃没落下(An it had not fallen flat-long)：这话说得不算厉害。朱生豪译为："可惜没击中要害。"梁实秋译为："可惜是平着打下来的。"

③ 英勇材质(brave metal)："材质"(metal)与"气概""勇气"(mettle)具双关意。

④ 挑着灯笼去捉鸟(go a bat-fowling)：原指趁夜摸黑挑着灯笼去捉栖息在树林里的鸟或蝙蝠，转义指哄骗傻子。因上句冈萨洛提及挖出月亮，塞巴斯蒂安在此回敬，意即我们把月亮当灯笼，拿你当傻子骗。

⑤ 原文为"I will not adventure my discretion so weakly"。朱生豪译为："我不会这样轻易动怒。"梁实秋译为："我决不这样轻易动怒的。"

	绪一起闭上。我发觉两只眼正要这么做。
塞巴斯蒂安	您请睡,先生,有瞌睡的机会,别错过。它很少拜访悲伤,来了,便是安慰者。
安东尼奥	您只管睡,主上,我们俩,会护卫您,守护您安全。
阿隆索	感谢你们。——奇妙的睡意。(入睡。)
塞巴斯蒂安	好奇怪的一股睡意缠住他们!(爱丽儿下。)
安东尼奥	这是气候上的特性。
塞巴斯蒂安	那为何不叫咱们眼皮发沉?我觉得自己不想睡。
安东尼奥	我也是。精气神很灵敏。他们都睡了,好像约好的;一起倒下,好像遭了一阵雷击。或有什么事,可敬的塞巴斯蒂安?啊,或有什么事?——不再多说。——不过,我想,我从你脸上,见出你应有的尊荣。时机在对你说话,何况,我强大的幻觉看见一顶王冠,落在你头上。
塞巴斯蒂安	什么?你醒着吗?
安东尼奥	您没听见我说什么?
塞巴斯蒂安	听了,肯定是一种困倦的语言,话从梦里说出来。你刚才说的什么?这是种怪异的睡眠,明明睡着,却双目圆睁。——站着、说着、走着,——却睡得这么熟。

安东尼奥	高贵的塞巴斯蒂安,最该让你的幸运入睡,——甚至让它,去死。你两眼紧闭,却分明醒着。
塞巴斯蒂安	你呼噜打得很清晰,鼾声里藏着真义。
安东尼奥	我比平日里更严肃。若留心听我说,想必您也如此。若肯照做,能使您伟大三倍。
塞巴斯蒂安	哦,我是静止的海面①。
安东尼奥	我教您如何涨潮。
塞巴斯蒂安	教吧。承袭的懒惰②引导我退潮。
安东尼奥	啊!您可知晓,在您如此嘲笑这一意图时,正显出您多么珍视它!③越想脱掉它,越显出您多想穿上它!衰落之人,没错,最常见的,因其自身害怕,或懒惰,才会这么靠近水底④。
塞巴斯蒂安	请你,接着说。眼睛和脸颊透出的神情,宣告你心里有件要紧事。的确,这叫你很痛苦,要把它催生出来。

---

① 原文为"I am standing water"。意即我是没有潮汐涨落的海面;言外之意愿闻其详。

② 承袭的懒惰(hereditary sloth):我承继的是国王弟弟的职位。

③ 原文为"If you but knew how you the purpose cherish / Whiles thus you mock it"。朱生豪译为:"你是不知道,越是表面上嘲弄这种想法,你越希望它成功。"梁实秋译为:"你是不晓得,你越这样的嘲弄这件事,你其实是越希冀做成这件事!"

④ 意即错过幸运的潮汐。

安东尼奥	是这样,先生。虽说这位记性差的大人①,这一位,即便死后入了土,也少有人记起,但他刚才几乎让国王信服,自己儿子还活着——因他是个劝说专家,只拿劝服当职业。说他没淹死,活像说他睡在这儿游泳,怎么可能。
塞巴斯蒂安	我没指望他没淹死。
安东尼奥	啊!从"没指望"里,您有多大指望!一头儿没了指望,等于另一头儿指望高高,就连"野心"自身都没瞥见它,却怀疑在那儿发现的东西②。斐迪南淹死了,您能同意吧?
塞巴斯蒂安	他死了。
安东尼奥	那,告诉我,下一个那不勒斯的继承人是谁?
塞巴斯蒂安	克拉丽贝尔。
安东尼奥	当着突尼斯王后的她;住在超过生命旅程十里格③远的她;从那不勒斯收不到音信

---

① 指冈萨洛。

② 原文为"No hope that way is / Another way so high a hope that even / Ambition cannot pierce a wink beyond, / But doubt discovery there"。意即对斐迪南还活着没了指望,等于提升了对将来统治那不勒斯的指望,就连想当那不勒斯国王的"野心"自身,都尚未瞥见这一指望,怀疑发现的(斐迪南淹死)这一指望是否真实。朱生豪译为:"从那方面说是没有希望,反过来说却正是最大不过的希望,野心所能企及而无可再进的极点。"梁实秋译为:"这一方面没有希望,即是另一方面的绝大的希望,纵然'野心'都不能于此以外再多看一眼,逾此便是渺茫的了。"

③ 意即住的地方路程远得一辈子都走不完。

的她，除非太阳当信差——月中之人太慢——直到新生儿下巴上长出粗硬可剃的胡子。我们从她那儿启航，全被大海吞没，尽管又吐出来几个——凭这个，命中注定——要上演一幕戏①。过去的，是这戏的开场白，未来的，由您和我来演。

塞巴斯蒂安　好一派胡扯！——您怎能说这话？没错，我哥哥的女儿是突尼斯王后，也同样是那不勒斯的继承人，虽说两地之间有些距离。

安东尼奥　这距离间每一肘尺②都好似在大喊："那个克拉丽贝尔要怎样量着我们回到那不勒斯？——留在突尼斯，让塞巴斯蒂安醒来！"——比如，死神现在抓住了他们，哎呀，那他们的情形，不会比眼下更糟。有人能统治那不勒斯，和睡着的那位一样；朝臣们能瞎扯，净说些没必要的话，像这位冈萨洛一样。我自己能教一只红嘴山鸦聪明地与人交谈。啊，愿您想的跟我一样！这场睡眠对您多有好处！您懂我意思吧？

---

① 要上演一幕戏（to perform an act）：要采取行动。安东尼奥以演戏比喻未来将采取行动。
② 肘尺（cubit）：一种古老的长度单位，指肘部至中指端的长度，约等于五十厘米。

塞巴斯蒂安	我想,能懂。
安东尼奥	那您对自己的好运如何评估?
塞巴斯蒂安	我记得,您取代了您哥哥普洛斯彼罗的位置。
安东尼奥	的确。瞧这衣服落我身上多棒,比从前合身多了。哥哥的仆从原与我同朝共事,现在成了我的仆从。
塞巴斯蒂安	但您,良心何在——
安东尼奥	唉,先生,那个在哪儿?倘若那是个冻疮,它得迫使我穿拖鞋。但我在胸窝里,感受不到这位神祇。我和米兰之间,哪怕立着二十颗良心,结冰成霜,不等妨碍我,它们早已融化!您兄长躺在这儿,不见得比他躺在上面的泥土好多少。假如他就像眼前这样子,——那是死亡——我能用这把顺从的兵器(以手摸剑。)——三寸足矣——让他永远躺床上。同时您,这样干,也可以叫这块陈年老肉,这位"谨慎先生",无尽沉眠,不许他指责我们的行动。其他人嘛,他们会接受建议,像猫舔牛奶似的。我们说什么时候适宜什么事,他们就会算好钟点①。

---

① 算好钟点(tell the clock):照着去做。

塞巴斯蒂安　　　你这事,亲爱的朋友,就是我的先例。我要像你获取米兰一样,得到那不勒斯。拔剑!一击,我便免你缴纳岁贡,身为国王,我自会恩宠你。

安东尼奥　　　　一块拔剑。我抬起手,这时,您照着做,要刺中冈萨洛。

塞巴斯蒂安　　　啊,但有句话。(两人一旁交谈。)

(爱丽儿伴着音乐、歌声,隐形上。)

爱丽儿　　　　　(向熟睡的冈萨洛。)我的主人,凭借魔法,预知你们,他的朋友,身处危险。派我前来,保他们活命,——否则,他的计划完蛋。

　　　　　　　　(在冈萨洛耳畔唱。)
　　　　　　　　当您躺这儿打鼾,
　　　　　　　　阴谋张开眼,
　　　　　　　　要伺机下手。
　　　　　　　　您若要留神保命,
　　　　　　　　撵走睡眠,当心。
　　　　　　　　醒来,醒来!

安东尼奥　　　　那咱们立刻动手。(与塞巴斯蒂安一同拔剑。)

冈萨洛　　　　　(醒来。)喂,愿仁慈的天使保护国王!

阿隆索　　　　　哎呀,怎么啦?嗬,醒来!(众人皆醒。)——你们为何拔剑?为何一脸凶相?

安东尼奥　　那咱们立刻动手。
冈萨洛　　　喂,愿仁慈的天使保护国王!

冈萨洛	怎么回事？
塞巴斯蒂安	我们正站这儿保护您安睡，就刚才，我们听到一阵低沉的吼叫，像公牛，更像狮子①。没惊醒你们吗？它击中了我的耳朵，可怕极了！
阿隆索	我什么也没听见。
安东尼奥	啊，那喧嚣能吓坏一只妖怪的耳朵，造成一场地震②！一定是整个狮群在咆哮。
阿隆索	冈萨洛，这声响您听到了？
冈萨洛	以我的名誉起誓，先生，我听到一阵嗡嗡声，那响音也很怪，把我唤醒。我晃动您，先生，大叫。我两眼一睁，见他们拔出了武器。——有一阵噪声，这个不假。咱们最好起身防卫，要不离开这地方。让我们拔出武器。
阿隆索	领路离开此地，让我们接着搜寻我可怜的儿子。
冈萨洛	愿诸天让他远离这些野兽！因为他肯定在岛上。

---

① 参见《旧约·诗篇》22：12—13："许多敌人像公牛包围着我；/他们像巴珊凶猛的公牛围攻我。/他们像吼叫的狮子，/张口要吞吃我。"

② 原文为"O'twas a din to fright a monster's ear, / To make an earthquake"。朱生豪译为："那是一种怪兽听了也会害怕的咆哮，大地都给它震动起来！"梁实秋译为："是怪物听了都要害怕的声音，使得地都要震动。"

阿隆索	前面领路。(众下。)
爱丽儿	要叫我主上普洛斯彼罗知晓我所做。
	如此,国王,去平安地寻找你儿子。
	(下。)

第二场

岛上另一部分

（卡利班背一捆木柴上。可听见一阵雷声。）

卡利班　愿太阳从泥塘、沼泽、浅滩吸收的一切瘟疫，都落在普洛斯彼罗身上，叫他一寸一寸染病！他手下的精灵[①]能听见，那我也要诅咒。好在，除非他下令，他们倒既不会掐我、变成淘气鬼吓唬我、把我扔泥坑里，也不会像黑暗中的磷火引我迷路。但为每一件零碎事，他就派他们来攻击我：有时像猿猴，冲我做怪相，吱吱吱地叫，然后咬我；有时又像刺猬，在我光脚走的路上躺着打滚，刺朝上，扎我脚；有时我全身被蝰蛇缠住，它们用分叉的舌头发出嘶嘶声，弄得我发狂。

---

① 指包括爱丽儿在内所有听命于普洛斯彼罗的精灵们。

(特林鸠罗①上。)

卡利班　　　瞧,喂,看哪!来了个他的精灵,因为我柴火搬得慢,要折磨我。我躺平在地,没准他注意不到我。(躺下;以斗篷遮身。)

特林鸠罗　　这里既没树丛,也没灌木,能避开任何天气,另一场暴风雨正在酝酿。我听见它在风中唱。那边那块乌云,那一大块,好似一个眼看流出烈酒的臭酒囊。若还像刚才那样打雷,真不知脑袋往哪儿藏。那边那块乌云无法选择,只能一桶一桶倒下来。(看见卡利班。)——这有个啥东西?人,还是鱼?死的,还是活的?一条鱼,他闻起来像条鱼;一股年深日久的鱼腥味儿,一种顶不新鲜的干鳕鱼②。好怪的鱼!此时我若在英格兰,——曾去过一回,——只需给这鱼画个招牌③,在那儿度假的傻瓜每人都会掏一块银币。在那儿,这怪物能叫人发财。那儿的任何怪兽都能叫人发财。他们不肯拿一枚小硬币④去接济一个瘸腿叫花子,却愿花十个硬币去看

---

① 特林鸠罗(Trinculo):此名或出自意大利语"畅饮"(trincare)。
② 顶不新鲜的干鳕鱼(poor-John):穷人或仆人吃的一种廉价的食物。
③ 给这鱼画个招牌(this fish painted):指招揽人自甘掏钱参观怪鱼。
④ 小硬币(doit):面值半法寻的荷兰古硬币,转义指不值钱的小硬币。

特林鸠罗　　若还像刚才那样打雷,真不知脑袋往哪儿藏。

一个死掉的印第安人[①]。有两条腿,像人!他的鳍,像双臂!温乎的,以我的信仰起誓!现在收回我的看法,不再坚持。这不是鱼,是个岛民,刚遭过雷击。(雷声。)哎呀,暴风雨又来了!最好的法子是,我爬到他粗布长袍下面。附近没处躲避。苦难使人结识奇怪的难友。(特林鸠罗爬进卡利班的斗篷。)我在此藏身,等暴风雨的残渣过去。

(斯蒂凡诺唱歌上,手持一酒瓶。)

斯蒂凡诺　　　(唱。)

我再不出海,不出海,
我要死在这儿的岸上。——

这惨兮兮的调子,给人送葬时唱的。唉,这儿有我的安慰。(饮酒。)

(唱。)

船长、打扫甲板的船员、水手长和我,
炮手和他的助手,
爱上莫尔、梅格、玛丽安和玛杰里,
但我们谁也不喜欢凯特。
因她有条带刺的舌头,

[①] 在伊丽莎白时代的伦敦,市民有时会掏钱去观看印第安人。

　　　　　　老对水手喊："去上吊！"
　　　　　　她不爱闻焦油或沥青的味道，
　　　　　　但身上哪儿发痒，就有个裁缝替她挠。
　　　　　　那出海吧，伙计们，让她去上吊！
　　　　　这也是个惨兮兮的调子，但这儿有我的安慰。(饮酒。)

卡利班　　　别折磨我。——噢！

斯蒂凡诺　　怎么回事？我们这儿有魔鬼？拿野人和印第安人跟我们玩鬼把戏，哈？我逃过了溺水，眼下岂能怕你这四条腿的；因为俗话说："好端端用四条腿走路的正常人，无法叫他屈从。"只要斯蒂凡诺鼻孔里出气儿，这话我就再说一遍。

卡利班　　　精灵折磨我。——噢！

斯蒂凡诺　　这是岛上哪只四腿怪物，照我看，他患了疟疾。这鬼东西从哪儿学会我们的语言？哪怕冲这个，也给他点儿救济。若能治好他，驯服他，带去那不勒斯，可把他当成礼物，献给任何一个踏过牛皮革①的皇帝。

卡利班　　　请你，别折磨我。我会快点把柴火搬回家。

---

① 踏过牛皮革(ever trod on neat's leather)：穿过牛皮革做的鞋。

斯蒂凡诺　　眼下他发着病,说话跟不上脑子①。给他尝一下我瓶里的酒。若之前从没喝过,大概其能根除他的病。我若能治好他,驯服他,给他定多大价码都不算高。谁想要他,就得花大价钱,好大一笔。

卡利班　　你还一点没伤害我,从你浑身发抖②我知道,很快就会伤害我了。普洛斯彼罗刚对你施了魔法。

斯蒂凡诺　　过来,张开嘴。这东西能把语言送给您,猫③,张嘴。这能叫您甩掉颤抖,我告诉您,能甩干净。(灌卡利班一口酒。)您分不清谁是您的朋友。再把下巴打开。(卡利班吐出。)

特林鸠罗　　这嗓音我该听得出。应该是——可他淹死了。真是活见鬼。啊,保佑我!

斯蒂凡诺　　四条腿,俩声音。一个顶精细的怪物!开头的声音刚说完朋友好话,后头跟着就口吐恶言,贬损人。这一整瓶酒如能治好他的疟疾,我就帮一把。来,——阿门!——往你另一张嘴里也倒点儿。

---

① 原文为"does not talk after the wisest"。朱生豪译为:"胡话三千。"梁实秋译为:"语无伦次。"

② 旧时相传,魔鬼附身,人会发抖。

③ 猫(cat):此处源于谚语"麦芽酒能叫猫开口"(ale will make a cat speak),以猫代指卡利班。

特林鸠罗	斯蒂凡诺！——
斯蒂凡诺	你的另一张嘴在叫我？天哪，天哪！这是魔鬼，不是怪物。我要离开他。我又没有长把勺①。
特林鸠罗	斯蒂凡诺！——你若真是斯蒂凡诺，碰我一下，跟我说话，我是特林鸠罗。——别怕——你的好朋友特林鸠罗。
斯蒂凡诺	若真是特林鸠罗，你出来。我来拉你的小短腿。(拉出。)如有哪双腿是特林鸠罗的，这双正是。果真是那个特林鸠罗！你怎么成了这畸形怪②的粪便③？他能把特林鸠罗屙出来？
特林鸠罗	我以为他遭雷击死了。——可你不是淹死了，斯蒂凡诺？我现在希望你没淹死。暴风雨停息了？因害怕暴风雨，我才藏在这死畸形怪的袍子下面。你还活着，斯蒂凡诺？啊，斯蒂凡诺！两个那不勒斯人逃过一难！ (与斯蒂凡诺拥抱。④)

---

① 长把勺(long spoon)：源出谚语"与魔鬼吃晚饭，该有长把勺"(he should have a long spoon that sups with the devil)。

② 畸形怪(moon-calf)：旧时认为痴呆、畸形与月亮圆亏有关，也可译为"月球动物"。

③ 粪便(siege)：斯蒂凡诺从卡利班两腿间拉出特林鸠罗，说他好似卡利班排泄的粪便。

④ 舞台演出时，两人此时可能一边拥抱，一边跳舞。

斯蒂凡诺	请你,别转,转得我反胃。
卡利班	(旁白。)如果不是精灵,这俩倒算好东西。那个是顶好的神,带着天堂的烈酒。我要给他下跪。
斯蒂凡诺	你怎么逃命的?怎么来这儿的?凭这酒瓶子发誓,你怎么来这儿的?我以这酒瓶子起誓,水手们把一个大萨克酒桶扔到船外,我浮在上面逃了命!这瓶子是我上岸后,亲手用树皮做的。
卡利班	我要凭那酒瓶子发誓,做你忠顺的臣民,因为那酒,世间没有。
斯蒂凡诺	这儿①,发誓,你怎么逃命的?
特林鸠罗	像鸭子似的,游泳游上岸,伙计。我发誓,我能像只鸭子一样游泳。
斯蒂凡诺	这儿,吻这本圣书②。(给特林鸠罗酒喝。)你虽能像只鸭子一样游泳,却生来像一只鹅③。
特林鸠罗	啊,斯蒂凡诺!这东西还有更多吗?
斯蒂凡诺	一整桶,伙计。我的酒窖在海边一块岩石里,酒藏在那儿了。——(向卡利班。)怎么,畸形怪!你的疟疾怎样了?

---

① 这儿(here):把手按在这瓶子上。
② 圣书(book):指《圣经》或《祈祷书》。此处,斯蒂凡诺以酒瓶子代指圣书。
③ 鹅(goose):以鹅形容人比较呆傻。

卡利班	你不是从上天落下来的?
斯蒂凡诺	从月亮来上的,我向你保证。曾几何时,我就是那月中人。
卡利班	我见过你在里头,我真的崇拜你。我女主人①指给过我,看你,你的狗,你的柴火枝②。
斯蒂凡诺	(递酒给卡利班。)来,为这酒发誓。吻圣书。——我一会儿再往里倒新酒。——发誓。(卡利班饮酒。)
特林鸠罗	以这大好天光③起誓,这是个非常好骗的怪物!——我怕他?——一个十分虚弱的怪物!——月中人?——一个顶可怜、好轻信的怪物!④——说真的,喝得好,怪物!
卡利班	我要带你看遍岛上每一寸沃土。我要亲你的脚。请你,做我的神明。
特林鸠罗	以这天光起誓,一个最不讲信义的醉鬼怪物!等神明一睡,他就去偷酒瓶。⑤
卡利班	我要亲你的脚。我发誓,本人愿做你的臣民。
斯蒂凡诺	那过来。跪下,发誓。(卡利班跪下。)

---

① 女主人:米兰达。
② 柴火枝(bush):英国民间传说,"月中人"背上扛着一捆柴火枝。
③ 大好天光(good light):"皇莎版"释为"阳光",亦可释为"天国之光"。
④ 从"以这大好天光起誓"至此,可能是特林鸠罗的旁白。
⑤ 这句台词,似应是特林鸠罗的旁白。

特林鸠罗	这个狗崽儿脑子①的怪物能把我笑死。一个顶低贱的怪物！我从心里想揍他一顿。②——
斯蒂凡诺	（向卡利班。）来，亲吧。
特林鸠罗	——要不是这可怜的怪物喝醉。讨厌的怪物！
卡利班	我带你去看最好的泉水；我给你摘果子；为你捕鱼，替你弄足够的柴火。愿我侍候的暴君遭瘟疫！我不再给他背柴火枝，只跟随你，你这奇异之人。
特林鸠罗	顶可笑的怪物，把可怜的醉鬼当奇迹！③
卡利班	请你，让我带你去长酸苹果的地方；我用长指甲给你挖锥足草④；引你看一处松鸦窝；教你怎么捉灵敏的狨猴⑤；带你去密集的榛子树，有时候，我从岩石上给你逮几只小海鸥。你跟我去吗？
斯蒂凡诺	请你，别再多说，现在带路。——特林鸠罗，国王和我们所有同伴都淹死了，咱们将接手这里。——（向卡利班。）这儿，替我拿瓶子。——特林鸠罗伙计，咱们等会儿再灌

---

① 狗崽儿脑子（puppy-headed）：蠢笨的。
② 这句台词，似是特林鸠罗的旁白。
③ 这句台词，似是特林鸠罗的旁白。
④ 锥足草（pignuts）：其块茎可食用。
⑤ 狨猴（marmoset）：一种南美的小猴。

	他酒。
卡利班	(唱醉酒歌。)再见,主人,再见,再见!
特林鸠罗	一个号叫的怪物,一个醉酒的怪物!
卡利班	(唱。) 不再筑坝去捞鱼, 不再听话弄柴火, 不再擦木盘、洗菜碟, 班,班,卡——卡利班① 有了一位新主人。找个新人吧②。 自由,放假! 放假,自由! 自由,放假,自由!
斯蒂凡诺	啊,勇敢的怪物,带路!(众下。)

---

① 原文为"Ban, Ban, Cacaliban"。卡利班把自己名字拆开玩文字游戏。
② 找个新人吧(get a new man):这话是对普洛斯彼罗说的。

第三幕

第一场

普洛斯彼罗洞窟前

（斐迪南背一根原木上。）

斐迪南　（放下原木。）有些活儿着实费力,但其中乐趣可抵消辛劳。有些低贱的活儿,被高贵地承担,有些顶差的事指向丰饶的结果。我这份低贱的劳作,对于我,既沉重,又可憎,但我侍奉的女主人使死东西有了生气,把我的辛劳变成快乐。啊,她父亲生性严酷,比起他的暴躁,她有超出十倍的温情。凭他一声严令,我必须搬上千根这种原木,把木头堆起来。我甜美的女主人,一见我干活就流泪,说之前从没有如此高贵之人干这么低贱的活儿。忘干活儿了。（扛起原木。）但这些甜美思绪足以消除辛劳,干起活儿来,忙碌好似休闲。

(米兰达上;普洛斯彼罗隐形随上。)

米兰达　　　　　(向斐迪南。)哎呀,现在恳求您,干活儿别这么卖力。真愿闪电把您奉命堆积的那些原木烧掉!请,放下,您休息。原木燃烧时,它会因叫您受累而流泪①。我父亲正用功读书。请您现在,休息一下,三个钟头之内,安然无事。

斐迪南　　　　　啊,最亲爱的女主人,不等我完成必须尽力干的活儿,太阳就要落下。

米兰达　　　　　您若肯坐下,我帮您搬一会儿原木。请把那根给我,我扛到木堆上。

斐迪南　　　　　不,最珍贵的造物,我宁愿筋肉开裂,脊背折断,也不能叫您受这种屈辱,自己却坐一旁偷懒。

米兰达　　　　　这事换成我做,跟您自己做一样。何况由我来做,更安心,因我情愿去做,而您心有不甘。

普洛斯彼罗　　　(旁白。)可怜虫!你被传染了②。这次探视便透露出来。

米兰达　　　　　您显得很疲惫。

斐迪南　　　　　不,高贵的女主人,当您在我身旁,夜晚就

---

① 流泪(weep):燃烧时,原木中的水分或树脂会流出。
② 意即你感染了爱情(病)。

	是清新的早晨。祈求相告,您叫什么?——主要为把名字放入我的祷告。
米兰达	米兰达。——啊,父亲,我这样说,便打破了您的命令。
斐迪南	受赞美的米兰达,的确在赞美之巅,抵得过世间最珍贵的东西!有很多女士,我见了颇有好感,多少回,她们和谐的音调捆住我过于专注的耳朵[①]。我喜欢过好多女人,各有美德,却没谁有如此完整的灵魂,总有些缺点跟自身最高贵的品德吵嘴,使品德受挫。而您,啊,您!如此完美,如此无双,取每个人的精华所成。
米兰达	我不了解和我同性别的人。除了镜子里,自己的脸,不记得别的女人的面容。可称之男人的脸,除了您,好朋友,和我亲爱的父亲,没见过别的。其他地方,人长什么样,我一无所知,但以我的美德——我嫁妆里的宝石——起誓,除了您,世间任何伴侣都不愿要。除您本人,我的想象也产生不了喜爱的相貌。权当信口胡说,有些

[①] 原文为"Th'harmony of their tongues hath into bondage / Brought my too diligent ear"。朱生豪译为:"她们那柔婉的声调使我那过于敏感的听觉为之倾倒。"梁实秋译为:"她们的簧舌束缚了我的倾听的耳朵。"

	话过于鲁莽,我忘了父亲的训诫。
斐迪南	我的身份,是位王子,米兰达。我想,算一位国王,——真不愿如此!——我本再也受不了这搬柴的奴役,如同受不了在腐肉上下蛆的苍蝇弄脏我的嘴。——听我灵魂述说:见到您那一瞬间,我的心要飞来侍奉您,住在那里,让我成为奴隶。为了您,我耐住性子成为这原木搬运工。
米兰达	您爱我吗?
斐迪南	啊,上天!啊,大地!为我这话作证,我若说的真话,用仁慈结果为我的告白加冕[①]!若所说不真诚,就把要给我的好运变成灾祸!我,超出世间一切界限,爱您,珍视您,敬重您。
米兰达	我真傻,为高兴事还哭。
普洛斯彼罗	(旁白。)两种最珍贵的情感美妙相遇!愿诸天降雨一般,将恩典落在两人间生出的情感[②]!
斐迪南	您为什么流泪?

[①] 原文为"crown what I profess with kind event"。朱生豪译为:"愿天地赐给我幸福的结果。"梁实秋译为:"让我的供状得到美满的结果。"

[②] 原文为"Heavens rain grace / On that which breeds between' em"。朱生豪译为:"上天赐福给他们的后裔吧。"梁实秋译为:"愿上天赐福给这一对结合!"此处,"生出"(breeds)亦暗指两人将会生出孩子。

米兰达	哭自己配不上,不敢献出我渴望给予的,更不敢接受因缺它而死。但这话很无聊,自身越设法遮掩,露的部分越大。走开,羞怯的诡计!启示我,朴素而神圣的天真!您若愿娶我,我做您妻子;若不愿,我至死都做您的侍女①。做您配偶,您可能拒绝;但不管您是否愿意,我要做您的仆人。
斐迪南	(双膝跪地。)我心爱之人,最亲爱的,我永远这样恭顺。
米兰达	那,就是我丈夫了?
斐迪南	对,怀一颗情愿之心,像奴役永远渴望自由。我的手在这儿。
米兰达	我的,心在我手里面②。先此道别,半个钟头后再会。
斐迪南	道千万个别!(斐迪南与米兰达分下。)
普洛斯彼罗	像他们那样高兴,我做不到,他们对发生的一切欣喜莫名。但没有任何事能给我更大欢欣。我要去读书③,因为晚饭前,我必须完成好多与此相关的事。(下。)

---

① 侍女(maid):亦有"处女"之意,即我将终生做处女,一辈子不嫁。
② 两人牵手定情。
③ 书(book):普洛斯彼罗的魔法书。

第二场

岛上另一部分

（卡利班持酒瓶，斯蒂凡诺与特林鸠罗上。）

斯蒂凡诺　　别跟我说①。——等桶一空，咱们就喝水；只要桶不空，一滴水不喝。所以，驶向酒瓶，攻上去②。——怪物仆役，为我干杯。

特林鸠罗　　怪物仆役！这岛上的蠢货！——（旁白。）据说这岛上只有五个人，我们占了三个。另两个若脑子跟咱们一样，国家就晃荡了。③

斯蒂凡诺　　怪物仆役，我叫你喝就喝。你头上的两只眼快定住了。（卡利班饮酒。）

---

① 意思大概是别跟我说不喝酒了。
② 原文为"therefore bear up, and board'em"。在此借助航海术语，将酒瓶比喻为敌船，欲把酒瓶当敌船攻下来，意即咱们继续喝酒。朱生豪译为："让我们总是喝酒吧。"梁实秋译为："所以，扳过舵来，向前冲。"
③ 意即若剩下的两个人像咱们一样，长了个喝酒的脑袋，那国家也会像喝醉酒一般摇晃不定。

特林鸠罗　　不长头上,长哪儿？若长尾巴①上,那他真是一个顶呱呱的怪物。

斯蒂凡诺　　我这怪物仆人把舌头淹在萨克酒里②。至于我,大海也淹不死。上岸之前,多多少少我能游三十五里格③。以这天光起誓④,——我让你做我副官,怪物,要么做掌旗官⑤。

特林鸠罗　　您若愿意,叫他做副官得了,他身子站不直。

斯蒂凡诺　　咱们不用跑⑥,怪物先生。

特林鸠罗　　也不走路。您可以像狗似的躺着,一句话不说。

斯蒂凡诺　　畸形怪物,你若真是个好怪物,这辈子再开一次口。

卡利班　　　阁下可好？让我舔你的鞋。我不侍候他,他不勇敢。

特林鸠罗　　你撒谎,顶无知的怪物。我现在这样子,能冲撞一个治安官。哼,你这堕落的鱼,你,今天像我喝这么多萨克酒的人里,可有谁

---

① 尾巴(tail):暗指阴茎。
② 意即酒把舌头淹得说不出话来。
③ 即一百零五英里。一英里约为一千六百米。
④ 以这天光起誓(by this light):即以太阳起誓。
⑤ 掌旗官(standard):亦指"能站立的人";在此暗示卡利班喝醉了酒,站不直身子。
⑥ 意即咱们不上战场,不用逃跑。

	是懦夫①？凭你，顶多算半鱼半怪，想扯个怪物谎②？
卡利班	瞧，他怎样嘲弄我！您能允许，我的主上？
特林鸠罗	他说，"主上"！——怪物居然是这么一个蠢蛋！
卡利班	瞧，瞧，又来了！请你，咬死他。
斯蒂凡诺	特林鸠罗，把那条仁慈的舌头藏在您脑袋里③。若发现您反叛，下棵树上吊死！这可怜怪物乃我之臣民，岂能遭人侮辱。
卡利班	感谢我高贵的主上。你愿再倾听一次我的请愿吗？
斯蒂凡诺	以圣母马利亚起誓，可以。跪下，重复一遍。我站着，特林鸠罗也站着。

（爱丽儿隐形上。）

卡利班	我起先告诉过你，我是一个暴君——一个巫师的臣民，凭借魔法，他从我手里骗走了这座岛。
爱丽儿	你说谎！

---

① 意即能喝酒的人都有胆量。
② 特林鸠罗调侃卡利班，因其半鱼半怪物，顶多能扯一半谎。
③ 原文为"keep a good tongue in your head"。意即说话客气点儿。

卡利班	(向特林鸠罗。)你说谎,你这逗笑的①猴子,你。真愿我勇敢的主人弄死你。我没说谎。
斯蒂凡诺	特林鸠罗,他说话您若再添乱,我以这只手起誓,要连根拔掉您几颗牙!
特林鸠罗	哎呀,我没说什么。
斯蒂凡诺	那安静,别多嘴。——(向卡利班。)往下说。
卡利班	我说,他凭魔法弄到这座岛,从我手里弄走的。如果你的权力能报复他,——因为我知道你敢,可这个东西②不敢。——
斯蒂凡诺	那最肯定不过。
卡利班	你就是一岛之主,我侍奉你。
斯蒂凡诺	眼下这事怎么得手?你能带我去那个人那儿吗?
卡利班	能,能,主上。等他睡了,我把他交给你③,在那儿,你可以往他脑袋里敲个钉子④。
爱丽儿	你瞎说,你不能。
卡利班	(向特林鸠罗。)这真是个穿彩衣的家伙⑤!你这

---

① 逗笑的(jesting):特林鸠罗是弄臣(jester),讲笑话逗国王开心是弄臣的职责。
② 这个东西(this thing):指特林鸠罗。
③ 我把他交给你(I'll yield him thee asleep):等他睡了,我带你过去。卡利班跟普洛斯彼罗学会说话,时有词不达意之处。
④ 参见《旧约·士师记》4:21:"西西拉十分疲倦,倒下睡了。雅亿拿了一把锤子和一个钉帐篷的木钉,悄悄走到西西拉身边,把木钉打进他太阳穴,钉在地上。西西拉死了。"
⑤ 穿彩衣的家伙(a pied ninny):好一个穿多彩花衣的小丑!

|||低贱的小丑。——(向斯蒂凡诺。)我肯求你的权力,揍他一顿,把他瓶子拿走,没了瓶子,除了海水,没别的喝,因为有淡水活泉的地方,我不带他去。

斯蒂凡诺　特林鸠罗,别再陷入危险。再打断这怪物一个字,以这只手起誓,我要将仁慈赶出门,把你变成一条干鳕鱼。

特林鸠罗　哎呀,我干什么了?什么也没干。我离远点儿。

斯蒂凡诺　你没说他说谎吗?

爱丽儿　你说谎。

斯蒂凡诺　我说谎?给你尝这个。(动手打特林鸠罗。)您若喜欢这个,下次再骂我说谎。

特林鸠罗　我没说那话。——您脑子不灵,耳朵也聋了?——让您的酒瓶子遭瘟疫!萨克酒喝多了,就这样。——让您的怪物遭畜瘟,让魔鬼弄走您的手指头!

卡利班　哈,哈,哈!

斯蒂凡诺　(向卡利班。)现在,接着说故事。——(向特林鸠罗。)请你,站远点儿。

卡利班　把他打够了。过一会儿,我也揍他。

斯蒂凡诺　(向特林鸠罗。)站远一点儿。——(向卡利班。)来,继续。

卡利班　哎呀,我告诉过你,他有个习惯,要睡午觉。

爱丽儿　　你说谎。
斯蒂凡诺　我说谎？给你尝这个。

		到时候，先夺走他的书，就能把他脑浆打出来。要么，用一根原木连续猛击他头骨；要么，用一根木桩捅他肚子；要么，你用刀子割他气管。记住，先拿书，因为，没了书，他顶多算个呆瓜，跟我一样，一个精灵也使唤不动。他们都恨他，跟我一样，恨到根子上。只要烧了书。他有些精美器具①，因为他这么说的——等有了间屋子，他要拿来作装饰。最该深入考虑的，是他女儿的美貌。他自己说她无人可比。我除了老娘西考拉克斯，还有她，一个其他女人也没见过。但她远远超过西考拉克斯，好比最大对最小。
斯蒂凡诺	一位这么俏丽的姑娘？
卡利班	对，主上，我敢说，她能满足②你的床，给你孵一窝小俏丽。
斯蒂凡诺	怪物，我要杀掉此人。我和他女儿，要当国王和王后。——上帝保佑我们！——特林鸠罗和你，当总督。——特林鸠罗，这计划你喜欢吗？
特林鸠罗	棒极了。
斯蒂凡诺	手伸给我，抱歉我打了你。不过，你活着，就

---

① 器具(utensils)：指供普洛斯彼罗施展魔法的器具。
② 满足(become)：亦可解为"适于""相配"，含性意味。

要把一条好舌头藏脑袋里①。
卡利班　　半个钟头内,他就会入睡。你愿去弄死他?
斯蒂凡诺　　对,以我的名誉起誓。
爱丽儿　　（旁白。）这我要告诉主人。
卡利班　　你把我弄高兴了。我充满快乐,让我们快活一下。之前刚教过的那支轮唱曲,你们能再唱一回吗?
斯蒂凡诺　　你的请求,怪物,合理的事,我都会做。——来,特林鸠罗,咱们唱。

（唱。）

嘲笑他们,愚弄他们;
愚弄他们,嘲笑他们;
思想有自由②。

卡利班　　这曲子不对。

（爱丽儿用小鼓和木笛演奏此曲。）

斯蒂凡诺　　这什么曲子?
特林鸠罗　　我们轮唱的那个曲子,由隐形人③演奏。
斯蒂凡诺　　你若是人,现原形。若是个魔鬼,随你便。

---

① 意即说话留神或说话要有把门儿的。
② 源自古代谚语"世间是奴役,思想却自由"（World is thrall, but thought is free）。
③ 隐形人（the picture of Nobody）:伊丽莎白时代出版商约翰·特兰德尔（John Trundle, 1575—1629）宣传招牌上的"隐形人像":头、双臂、两腿齐全,无身形。

特林鸠罗	啊,宽恕我的罪过①!
斯蒂凡诺	但凡一死,欠债清偿。我不怕你。——愿天降慈悲②!
卡利班	你怕了?
斯蒂凡诺	不,怪物,我不怕。
卡利班	不用怕,这岛上充满音乐、乐声和甜美的曲调,听着快乐,不伤人。有时候,一千种乐器共鸣,在我耳边嗡嗡响;有时候,如果我刚睡了一长觉醒来,歌声便催我接着睡;随即,在梦里,我觉得云朵敞开,露出财宝,随时会落在我身上。等我醒来,我喊着再回梦里。
斯蒂凡诺	这要让我见证一个辉煌的王国,不花一文钱,白白听音乐。
卡利班	等弄死普洛斯彼罗再说。
斯蒂凡诺	很快就弄妥。我记着这话茬儿。(爱丽儿奏乐下。)
特林鸠罗	乐声远了。咱们跟上,然后好干事。
斯蒂凡诺	带路,怪物。我们跟着。——真愿我能见到这个打小鼓的! 鼓敲得更猛了。
特林鸠罗	(向卡利班。)你不来吗? 我要跟紧斯蒂凡诺。(众下。)

---

① 参见《新约·路加福音》11:4:"宽恕我们的罪过!"
② 愿天降慈悲(Mercy upon us):亦可译作"愿上帝怜悯我们!"此处显出斯蒂凡诺内心对爱丽儿的恐惧。

第三场

岛上另一部分

（阿隆索、塞巴斯蒂安、安东尼奥、冈萨洛、阿德里安、弗朗西斯科及其他人上。）

冈萨洛　　　　以小圣母①起誓，我走不动了，先生，我的老骨头痛。这真是在一座曲里拐弯的迷宫里走！请您允准，我非休息不可。

阿隆索　　　　老大臣，不怪你，我自己也被疲劳抓住，精力昏聩。坐下，休息。就在这儿，我要抛弃希望，别让它再来讨好我。他②淹死了，我们这样找迷了路，大海会嘲笑我们在陆地上徒劳寻找。算了，随他去吧。

安东尼奥　　　（旁白。向塞巴斯蒂安。）他这么失望，我真高兴。别因一次挫折，就放弃您决定实现的目标。

---

① 小圣母（Lakin）：对圣母马利亚的俗称，亦可译为"小圣母在上"。
② 指斐迪南。

塞巴斯蒂安	（旁白。向安东尼奥。）下次机会，我们要好好利用。
安东尼奥	（旁白。向塞巴斯蒂安。）就今晚。因为现在受辛劳压迫，他们不会，也不能，像有活力时那样，如此警觉。
塞巴斯蒂安	（旁白。向安东尼奥。）我说今晚。别再多说。

（庄严而奇异的乐声；普洛斯彼罗隐身在高台上。其他几个怪物，自下上，摆一桌筵席，以致意的轻盈动作围而起舞；邀请国王及其他人进餐，离去。）

阿隆索	这是什么乐声？——我高贵的朋友们，听！
冈萨洛	绝妙、甜美的音乐！
阿隆索	诸天，赐给我们守护天使！——这是什么？
塞巴斯蒂安	活人木偶戏。我现在相信有独角兽，相信在阿拉伯，有一棵树，是凤凰的宝座，此刻正有一只凤凰在那儿掌权。
安东尼奥	两个我都信。还有什么叫人难信的，来找我，我要发誓，说都是真的。虽说老家的傻瓜们谴责旅行者，但他们从不说谎。
冈萨洛	我若在那不勒斯讲起这件事，他们会信我？我若说，我见过这样的岛民——因为，肯定，这都是岛上的居民——尽管他们长得奇形怪状，但注意，他们的举止，却比你们能在我们人类中找见的许多人，

	不,几乎任何人,更温情、友善。
普洛斯彼罗	(旁白。)诚实的大人,说得好,因为眼前在场的人,有几个比魔鬼坏。
阿隆索	我简直大为吃惊,那种形状,那种手势,那种音乐,表露出——虽说他们没用舌头——一种极好的沉默话语。
普洛斯彼罗	(旁白。)离别之际再赞美。①
弗朗西斯科	他们消失得很离奇。
塞巴斯蒂安	没关系,好在留了食物。因为我们有胃口。——你们来尝尝这儿的东西?
阿隆索	我免了。
冈萨洛	(向阿隆索。)说实话,先生,您不用怕。小时候,咱们谁会信山民们,脖子的垂肉像公牛似的,喉咙上挂着人皮肉囊②? 或是,有的人脑袋立在胸口③? 如今发现,任何押

---

① 离别之际再赞美(Praise in departing)意即赞美的好话等你离开这座岛的时候再说,源自谚语"等演出结束再赞美"(Save your praise until the end of the performance)。

② 山民们(mountaineers):住在山里的居民;脖子的垂肉(dewlapped):俗称"大脖子病"患者,医学上称"气瘰",即甲状腺肿大;人皮肉囊(wallets of flesh):甲状腺肿大部位。

③ 即《奥赛罗》第一幕第三场奥赛罗提到的"异形食人族"(Anthropophagi)。古罗马作家、历史学家老普林尼(Pliny the Elder, 23—79)在其著名的《自然史》(*Naturalis Historia*)第七卷第二章中,写到有食人部落,将头骨里的血吸干,带着头发割下头皮,挂在胸前。或因如此,食人族有时被误解成无头,以躯干为脸的异形人。

| | 一得五之人①,都能给我们带来很好保证。|
|阿隆索|我来开吃,哪怕是最后一顿。没关系,感觉我最好的日子过去了。——兄弟,公爵大人,来呀,像我一样。|

[雷电交加。爱丽儿以"哈比"(鸟身女妖)②状上;在桌上轻拍双翼;以一灵巧装置,令筵席消失。]

|爱丽儿|你们是三个罪人,命运之神——由其支配这人世和尘间的一切——叫永远填不饱的大海把你们吐出来;冲到这没人住的岛上——你们最不配活在人世间。我叫你们发了狂;甚至以发狂的勇猛自己上吊、投水。(阿隆索、塞巴斯蒂安与安东尼奥等人各自拔剑。)你们这几个笨蛋!我和我的伙伴是命运之神的侍从,正如减不掉我翅膀上一根小羽毛,锻造你们手中剑的元素③,伤不着响亮的风,凭可笑的刺戳,也杀不死永远|

---

① 押一得五之人(putter-out of five for one):以远足旅行进行风险投资的经纪人或旅行者。远足前,旅行者交给经纪人一笔押金,在确认安抵目的地之后,可获五倍报偿,否则,五倍金额归经纪人所有。
② 哈比(harpy):亦译为"哈尔庇厄",古希腊神话中的鸟身女妖,长着女人的头和身子,长头发,鸟的双翅和青铜鸟爪,原为风之精灵,冥王哈迪斯的传令者,负责把死者的灵魂送往冥界。她接触过的一切东西都会变得污浊,散发臭味。在英语中,转义指贪婪残酷之人。
③ 这里指锻造刀剑所需的火和土两种元素,而这两种元素对空气和水无能为力。

分而即合的水①。我的侍从伙伴们,同样伤不着。就算能伤着,你们的剑,眼下过于沉重,单凭力气,举不起来。但记住——这才是我找你们的目的——你们三人将高贵的普洛斯彼罗撵出米兰,把他和他无辜的孩子暴露在海上——大海做了偿还。为这一恶行,天神们,虽行动迟缓——却未曾忘记——指使大海与海岸,对,一切造物,叫你们不得安宁。阿隆索,他们已夺走你儿子;并要我来宣布,持久的毁灭——比任一种立刻死亡都糟——将一步步伴随你们和你们的进程②。若想免遭天怒——除了内心哀恸,随之过一种清白生活,别无办法③。——否则,在这儿,在这最荒凉的岛上,天怒将降在你们头上。

---

① 原文为"the elements / Of whom your swords are tempered may as well / Wound the loud winds, or with bemocked-at stabs / Kill the still-closing waters, as diminish / One dowl that's in my plume"。朱生豪译为:"你们的刀剑不能损害我们身上的分毫,正像把它们砍向呼啸的风,刺向汹涌的水波一样。"梁实秋译为:"你们那凡间制炼的剑,若想伤到我的一根羽毛,那就如同要砍伤呜呜地风一般,或是抽刀断水一般的可笑。"

② 参见《旧约·以西结书》9∶10:"但我绝不饶恕他们,不怜恤他们。他们怎样待别人,我要照样待他们。"

③ 原文为"is nothing but heart's sorrow / And a clear life ensuing"。朱生豪译为:"除非痛悔前非,以后洗心革面做一个清白的人。"梁实秋译为:"别无他法,只有诚心忏悔,改过自新。"

(消失于雷声中。随后,轻柔乐音,那几个怪物重上,以嘲笑、戏弄的身姿跳舞,抬桌下。)

普洛斯彼罗　　　(旁白。)你这鸟身女妖形象,演活了,我的爱丽儿,吃相优雅,吞食干净①。我的指令,在你说的话里,丝毫没减少。同样,我那些身份低的精灵,凭恰当的活泼和奇特的观察,都各自完成任务②。我高能的魔咒见了效,这些人,我的仇敌,都捆在疯狂里。眼下,他们都由我掌控。留他们在这儿发病,我去陪同年轻的斐迪南,——他们以为他淹死了——还有他与我都心爱的宝贝。(自高台下。)

冈萨洛　　　凭神圣之物的名义,请问先生,您为何站在这儿,眼神那么奇怪?

阿隆索　　　啊,我的罪恶可怕,可怕!我觉得巨浪在说话,将它告诉我,风把它唱给我,雷声——那深沉、可怕的风琴管——发出普洛斯彼罗名字的琴音,像低音音符一样宣

---

① 吞食干净(devouring):应指爱丽儿在餐桌上扇动翅膀,欲将筵席狼吞虎咽吃光。

② 原文为"with good life and observation strange, my meaner ministers / Their several kinds have done"。意即表演到位,留心细节,各种任务得以完成。朱生豪译为:"就是那些小精灵们也各个非常出力。"梁实秋译为:"我的一群较小的精灵也都认真听命,各尽厥职。"

	告我的罪过。因此,我儿子躺在海床上的泥沙里。我要到测深锤测不着的深处去找他,与他一起埋在泥里。
塞巴斯蒂安	只要每次来一个魔鬼,我能把魔鬼军团打退。
安东尼奥	我给你当帮手。(塞巴斯蒂安与安东尼奥下。)
冈萨洛	他们三个陷于绝望。他们的大罪,像隔好久才发作的毒药,此刻开始腐蚀他们的生命元素①。——恳求你们几个四肢灵活的,飞速跟上,阻止他们因疯狂激起祸端。
阿德里安	请你们,跟我来。(众下。)

---

① 生命元素(spirits):旧时西方人认为,维持人体生命力依靠遍布于血液和身体主要部位的一些微妙物质,亦可理解为"元气""官能"。

第四幕

第一场

普洛斯彼罗洞窟前

（普洛斯彼罗、斐迪南、米兰达上。）

普洛斯彼罗　　（向斐迪南。）倘若我惩罚您过于严厉，由您的赔偿物①来补偿，因我在这儿，把自己三分之一的生命②给了您。或者说，我为此活着。——再一次，我把她交到你③手里。你受的一切苦，只出于我对你爱情的考验，你令人惊奇地经住了测试。此刻，上天见证，我批准这份丰厚赠礼。啊，斐迪南！莫笑我对她这样夸耀，因为你会发现，她将超过一切赞美，叫赞美一瘸一拐

---

① 赔偿物（compensation）：或"赔偿金"，以此代指米兰达。
② 自己三分之一的生命（a third of mine own life）：可能指普洛斯彼罗为教育米兰达付出了三分之一的生命力；也可能指普洛斯彼罗将自己的生命分成三份：米兰达、米兰公国、魔法。
③ 开始普洛斯彼罗对斐迪南以"您"（you）尊称，此时以"你的手"（thy hand）相称，表示关系亲近。

|||地落在她身后。
斐迪南|||我深信,哪怕与一道神谕相反。
普洛斯彼罗|||那好,作为我的赠礼,也是你自己应得之物,接受我女儿。但你若在伴着完整、神圣的仪式,进行一切神圣的婚典之前,先打破她处女的纽带①,诸天将永不叫甜美的甘霖降临,让这份婚约成活②。相反,不孕的憎恨,目光尖酸的轻蔑与夫妻不睦,将遍布你们结合的床榻,与如此可厌的野草相伴,叫你们都心生痛恨。为此,要慎重,因为海门的火炬③将照耀你们。
斐迪南|||我希望凭眼前如此之爱,过平静日子、子孙美丽、生命长久,——最阴暗的洞穴,最恰当的地方,更坏的天性④施给我们的最强烈的诱惑,永不能把我的荣誉融为淫

---

① 处女的纽带(virgin-knot):指贞操。

② 原文为"but / If thou dost break her virgin-knot before / All sanctimonious ceremonies may / With full and holy rite be minister'd, / No sweet aspersion shall the heavens let fall / To make this contract grow"。朱生豪译为:"但在一切神圣的仪式没有充分给你许可之前,你不能侵犯她处女的尊严;否则你们的结合将不能得到上天的美满的祝福。"梁实秋译为:"但是你如果在未用盛大仪式举行神圣婚礼之前就破坏了她的处女的带,上天将永不降福使这婚姻美满。"

③ 海门的火炬(Hymen's lamps):海门(Hymen),古希腊、古罗马神话中的婚姻之神。

④ 更坏的天性(worser genius):指邪恶的天使施加给人的本性。

	欲,以便夺去婚礼那天的锋刃①,那一天,我想,要么,福玻斯②的战马瘸了腿,要么,下界用锁链拴住了黑夜。
普洛斯彼罗	说得好。那坐下跟她交谈。她归属于你。(斐迪南与米兰达坐下交谈。)——喂,爱丽儿!我勤劳的仆人,爱丽儿!

(爱丽儿上。)

爱丽儿	我强大的主人有何差遣?我在这儿。
普洛斯彼罗	你和你手下的伙伴们,上一件差事完成得当。我得用你们再搞一回这样的把戏。去把你那伙儿,我给你权力统领的喽啰兵,带到这地方来。鼓励他们快速行动,因为我必须要把一些形同儿戏的魔法,赋予这对情侣的眼睛。③我做了承诺,他们盼我露一手。
爱丽儿	立刻?

---

① 锋刃(edge):洞房花烛鱼水之欢带来的性愉悦。

② 福玻斯(Phoebus):太阳神阿波罗。斐迪南嫌婚礼日来得缓慢,怪罪要么是驾驶太阳神战车的骏马瘸了腿,拖延了黎明的到来,要么是地狱锁住了黑夜,迟迟不见天光。

③ 原文为"Incite them to quick motion, for I must / Bestow upon the eyes of this young couple / Some vanity of mine art"。朱生豪译为:"叫他们赶快装扮起来,因为我必须在这一对年轻人的面前显示一下我的法术。"梁实秋译为:"催他们敏捷些,因为我要让这年轻的一对看看我的法术。"

普洛斯彼罗	对,眨眼之间。
爱丽儿	不等您说"去"和"来",
	喘两口气,喊"好,好",
	每个精灵,脚趾尖儿轻快,
	来到这儿,做怪相扮鬼脸。
	主人,您对我喜欢不喜欢?
普洛斯彼罗	由衷喜欢,小巧玲珑的爱丽儿!不用过来,等我叫你。
爱丽儿	好,明白。(下。)
普洛斯彼罗	(向斐迪南。)注意,要信守承诺。调情别太由着性子,最强大的誓言遇见血里的火焰①,犹如稻草。多多节制,否则,与誓约告别。
斐迪南	我向您保证,先生,我心头莹白、冰冷的初雪,减弱了我肝脏②的激情。
普洛斯彼罗	好。——现在来吧,我的爱丽儿!宁可额外多带一个精灵,也别缺一个。到跟前来,要快。别用舌头!光用眼睛!保持静默!

(轻柔的音乐。伊丽丝③上。假面剧开场。)

伊丽丝	刻瑞斯④,最慷慨的女神,你丰饶的

---

① 血里的火焰(th'fire i'th'blood):性欲激情。
② 肝脏(liver):旧时认为肝脏为性欲之所。
③ 伊丽丝(Iris):古希腊神话中的彩虹女神,众神的信使。
④ 刻瑞斯(Ceres):古罗马神话中的农业和丰收女神,罗马十二主神之一。

田野,

种满小麦、黑麦、大麦、野豌豆、燕麦和豌豆;

你长满青草的山峦住着吃草的绵羊,

还有平坦的覆盖冬饲料干草的牧场,

喂养它们;

挖掘过、由树枝交织编成的树篱围起的河岸,

潮湿的四月听你号令沾满露水,

为端庄的仙女①做贞洁的花冠;你的金雀花树丛,

遭拒的求爱者,因身边没了姑娘,

爱上这片树荫②;你树顶修剪齐整的葡萄园;

你的海岸,贫瘠、硬如岩石,

你自己在那里呼吸新鲜空气。——

我,天后③的彩虹兼信使,

她命你离开上述那些地方;陪同至尊的天后陛下,

---

① 仙女(nymphs):传说中的山林水泽仙女。
② 原文为"whose shadow the dismissed bachelor loves, / Being lass-lorn"。朱生豪译为:"离开你那为失恋的情郎们所爱好而徘徊其下的金雀花的薮丛。"梁实秋译为:"失恋的男子最喜欢其间的树荫。"
③ 天后(Queen o'th'sky):古罗马神话中的天后朱诺(Juno)。

　　　　　　　　　来这片草坪,就在这个地方,
　　　　　　　　　尽情欢乐。她的孔雀①速度飞快。
　　　　　　　　　来吧,丰饶的刻瑞斯,款待天后。

(刻瑞斯上。)

刻瑞斯　　　　　致敬,多彩缤纷的信使,
　　　　　　　　从不违抗朱庇特的妻子②;
　　　　　　　　你用橙红色双翅,在我花朵上,
　　　　　　　　播洒甜美的甘露,清爽的天霖;
　　　　　　　　用蓝色彩虹的两端,为我丰茂
　　　　　　　　田亩和赤裸的丘陵加冕,是我
　　　　　　　　壮美大地的华丽披巾。你的天后
　　　　　　　　为何召我来这片长满短草的绿地?
伊丽丝　　　　　庆祝一份真情的婚约,
　　　　　　　　给这对受祝福的恋人,
　　　　　　　　奉赠一些贺礼。
刻瑞斯　　　　　告诉我,上天的彩虹,
　　　　　　　　是维纳斯,还是她儿子③,如你所知,
　　　　　　　　此时陪侍天后?因为他们阴谋设计,

---

　　① 孔雀:天后朱诺的战车由神圣的飞禽孔雀牵引。
　　② 朱庇特的妻子(the wife of Jupiter):朱诺。朱庇特,古罗马神话中的众神之王。
　　③ 指古罗马神话中的维纳斯和儿子丘比特。

	让幽暗的狄斯①夺走我女儿，
	我早已立誓，与她和她的瞎眼儿子②，
	断绝可耻的交往。
伊丽丝	别担心有她相伴。我见女神陛下
	划破云朵前往帕福斯③，她儿子
	陪她同坐鸽子车④。他们原打算
	把一些贪淫的符咒降给这对男女，
	但一切徒劳。因为他们发誓不得
	获取床上的权利⑤，直到燃起海门的火炬⑥。
	马尔斯贪欲的情人⑦这才半路返回，
	她那暴脾气的儿子折断手中箭，
	发誓不再发射，只跟麻雀⑧玩，
	从里到外把自己当成孩子⑨。
刻瑞斯	至高无上的天后，

---

① 幽暗的狄斯(dusky Dis)：冥王普路托(Pluto)。在古罗马神话中，维纳斯和丘比特母子俩帮普路托绑架刻瑞斯之女普罗塞尔皮娜(Proserpine)，嫁给冥王，并强迫她在冥府每年与其相伴半年。

② 古罗马神话中的小爱神丘比特是睁眼瞎。

③ 帕福斯(Paphos)：古希腊神话中的爱神阿芙洛狄特、古罗马神话中的爱神维纳斯的出生地，位于今塞浦路斯(Cyprus)。

④ 鸽子车(doves-drawn)：维纳斯的座驾由一群鸽子牵引。

⑤ 床上的权利(bed-right)：同床。

⑥ 以燃起婚姻女神海门的火炬比喻婚礼完毕之后。

⑦ 马尔斯贪欲的情人(Mars' hot minion)：威尼斯。马尔斯，古罗马神话中的战神，维纳斯曾与之相恋。

⑧ 麻雀(sparrows)：一般认为麻雀是好色淫荡之鸟。

⑨ 言外之意是不再把自己当成小爱神。

伟大的朱诺来了。凭那步态,我知道是她。

(朱诺从战车下来。)

朱诺　　　　我慷慨的妹妹可好？跟我去,
　　　　　　祝福这对情侣,让他们兴旺,子孙荣耀。
　　　　　　(唱。)
　　　　　　荣誉、财富、受祝福的婚姻,
　　　　　　长久、延续,后代繁衍,
　　　　　　每时每刻的欢欣永降你们!
　　　　　　朱诺把她的祝福唱给你们。

刻瑞斯　　　(唱。)
　　　　　　大地丰收,充盈富足,
　　　　　　畜棚谷仓,永不落空;
　　　　　　一束束密集的葡萄在生长;
　　　　　　丰美的果实把树枝压弯腰,
　　　　　　最迟秋收刚一结束,
　　　　　　春天便已来临![1]
　　　　　　歉收和匮乏将远离你们,
　　　　　　刻瑞斯的祝福如此降临。

斐迪南　　　这是最壮丽的幻景,和谐、悦耳。容我放
　　　　　　胆想,这些是精灵?

---

[1] 意即没有冬天。

普洛斯彼罗	精灵,我用魔法把他们从所限之地招来,上演眼前的幻象。
斐迪南	让我永远住在这儿,一位如此稀有、令人惊奇的岳父,加上一位妻子①,让此地成为天堂。(朱诺与刻瑞斯低语,派伊丽丝去做事。)
普洛斯彼罗	(向米兰达。)亲爱的,现在,安静!朱诺与刻瑞斯严肃低语,有别的事要做。嘘,别出声,否则会毁了我们的魔咒。
伊丽丝	诸位被称作奈达斯②,蜿蜒溪流中的仙女, 头戴莎草冠冕,神情永无恶意, 离开泛起涟漪的溪流,回应召唤, 来到这片草地。这是朱诺的指令。 来,轻柔的仙女,帮助庆祝一份 真爱的婚约。别太迟延。

(众仙女上。)

你们,疲惫八月晒黑的挥镰收割者,
离开犁沟到这儿来,尽情欢乐。
变成节庆。头戴黑麦秸秆做的帽子,
每人迎上一位娇艳的仙女,

---

① 加上一位妻子(and a wife):"皇莎版"此处作"and a wise",意即岳父是聪明人。
② 奈达斯(Naiads):江河水泉中的仙女,或女神。

斐迪南	这是最壮丽的幻景,和谐、悦耳。容我放胆想,这些是精灵?
普洛斯彼罗	精灵,我用魔法把他们从所限之地招来,上演眼前的幻象。

跳起乡村舞蹈。

(众收割者身着适当服装上,与众仙女合跳一支优雅舞蹈;结束前,普洛斯彼罗猛然起身说话。话落,响起一阵奇异、低沉、混乱的声音,众舞者缓缓消失。)

普洛斯彼罗　　(旁白。)畜生卡利班及其同谋要害我性命,我忘了那个邪恶阴谋。他们谋划的时间差不多到了。——(向众精灵。)演得好。——散了。——不演了!

斐迪南　　(向米兰达。)真奇怪,您父亲动了气,气性很冲。

米兰达　　到今天为止,我从未见他那样发火、脾气那么坏。

普洛斯彼罗　　我的女婿,您神情透出悲伤,好像很担忧。高兴起来,先生,我们的娱乐表演①到此结束。我们这些演员,如我所说,原本都是精灵,已化为空气,化为稀薄的空气,而且,如同这没有根基的虚物幻景,耸入云端的高塔,华美的宫殿,庄严的神庙,伟大的地球②自身,对,及其所有的一切,都将

---

① 我们的娱乐表演(our revels):精灵们的舞蹈。
② 地球(globe):具双关意,亦指莎士比亚所属"环球剧场"(The Globe)。参见《新约·彼得后书》3:10—11:"在那日,诸天要在巨大的响声中消失,天体在烈焰中烧毁,大地和万物都会消灭。既然这一切要这样毁灭,你们应做哪一种人呢?"

消散,好似这场虚幻的演出逐渐消失一样,不留一丝云烟。我们这类东西,像造梦的东西一样;我们短暂的生命围在一场睡眠里。——先生,我心烦,宽容我的不足,我衰老的脑子受了困扰。别因我衰弱受妨碍。倘若你们愿意,回我洞窟,到那儿休息。我要走一两圈,平息我悸动的脑子。

斐迪南
米兰达 我们祝您平安。(斐迪南与米兰达同下。)

普洛斯彼罗 一转念就来。——谢谢你,爱丽儿。来!

(爱丽儿上。)

爱丽儿 我追随你的想法。有什么指令?

普洛斯彼罗 精灵,咱们得准备对付卡利班。

爱丽儿 是,我的长官。我演刻瑞斯之时,就想告诉你这事,但又怕把你惹恼。

普洛斯彼罗 再说一遍,你把那几个恶棍丢哪儿了?

爱丽儿 我跟您说过,先生,他们喝得脸通红,充满勇气,因海风吹了脸,居然怒打空气;因大地亲了脚,竟捶打地面;不过始终在进行他们的计划。然后,我敲起小鼓,他们一听,便像没被骑过的小马驹,竖起双耳,撑

	开眼皮,提起鼻孔,活像在嗅闻音乐。就这样,我用魔法迷住他们的耳朵,他们像牛犊一样,跟着我发出的哞哞叫声,穿过多刺的荆棘、锋利的荆豆、扎人的金雀花和灌木丛,这些刺儿都扎进他们脆弱的胫骨。最后,我把他们丢进您洞窟后面浮满污垢的池塘,污垢没到下巴,在那儿往上跳着,搅得发臭的池水盖过他们脚臭。
普洛斯彼罗	干得好,我的小鸟。你继续隐形。我屋里有花哨衣服①,去拿来,要放诱饵,抓这些贼人。
爱丽儿	我去,我去。(下。)
普洛斯彼罗	一个魔鬼②,天生的魔鬼,对其本性,教养永无法钉牢。我在他身上费了苦心,人情味,一切,一切白费,完全白费。他的身体随年龄越长越丑,心思也日渐溃烂。我要折磨他们,甚至叫他们哀号。

(爱丽儿带着花哨衣服等物上。)

普洛斯彼罗	来,都挂这根晾衣绳③上。

---

① 花哨衣服(trumpery):或指不值钱的小物件。
② 魔鬼:卡利班。
③ 晾衣绳(line):另有解作"(西洋)菩提树"。

(卡利班、斯蒂凡诺与特林鸠罗浑身湿透上;普洛斯彼罗与爱丽儿隐形留场。)

卡利班　　请你们,走路轻点,别叫那只瞎眼鼹鼠听见脚步。现在咱们离他洞窟近了。

斯蒂凡诺　怪物,您那小精灵[①],您说不害人,却把我们要得不亚于那个"杰克"[②]。

特林鸠罗　怪物,我浑身一股马尿味,我的鼻子极为愤慨。

斯蒂凡诺　我的也是。——怪物,您听见了吗? 我若对您不满,得当心。

特林鸠罗　变成一个遭毁灭的怪物。

卡利班　　我仁慈的主上,要永远宠信我。耐心些,因为我将带来的那战利品,能遮住这一厄运。因此,小声说话,——全要静得像在半夜一样。

特林鸠罗　唉,酒瓶都丢在池塘里! ——

斯蒂凡诺　这不仅蒙羞、丢脸,怪物,还是无尽的损失。

特林鸠罗　比把我弄湿还严重。怪物,都怪您那不害人的小精灵。

斯蒂凡诺　我要把酒瓶弄回来,哪怕淹过耳根子。

[①] 指爱丽儿。
[②] "杰克"(the jack):原指四旬斋期间放在街头打扮漂亮、供孩子们投石击之的小傀儡人,意即"小傀儡",也有释义为"无赖"(knaves)或"磷火"(will-o'-the-wisp)。

卡利班	请你,我的国王,安静。看这儿,这就是洞窟的嘴①,别出声,进去。干那件善良的坏事,这座岛便永归你自己,而我,你的卡利班,也永是舔你脚丫子的人。
斯蒂凡诺	手伸给我。我开始有了血腥的念头。
特林鸠罗	(看见衣服。)啊,斯蒂凡诺国王,啊,贵族!啊,可敬的斯蒂凡诺,②看这儿为你备了多好的一套衣服!
卡利班	甭管它,你这傻瓜。那只是垃圾。
特林鸠罗	啊,嗬,怪物!我们清楚旧衣店③里有什么。——啊,斯蒂凡诺国王!(穿一长袍。)
斯蒂凡诺	脱下那长袍,特林鸠罗。以这只手起誓,我要那件袍子。
特林鸠罗	归陛下了。
卡利班	让水肿病淹死你这笨蛋!你们什么用意,竟如此贪恋这等累赘?咱们走,先把人杀掉。他要是醒了,会从脚指头到脑瓜顶,掐遍我们全身皮肤,把我们变成怪东西。
斯蒂凡诺	请您安静,怪物。——晾衣绳夫人,这不

---

① 洞窟的嘴(the mouth o'th'cell):洞口。卡利班跟普洛斯彼罗学会说人话,但时常不能表达精准。

② 此句源出民谣"斯蒂芬国王曾是个可敬的贵族"(King Stephen was a worthy peer)。

③ 旧衣店(frippery):这些不是旧衣店里的二手货。

	是我的皮坎肩吗?(取下。)现在,这坎肩到了绳下①。现在,坎肩,您怕要掉毛,变成一件秃坎肩。
特林鸠罗	对,对,如蒙陛下高兴,我们就按铅垂线和水平仪②来偷。
斯蒂凡诺	多谢你这句玩笑。(递给特林鸠罗一件衣服。)这衣服给你,只要我是这儿的国王,聪明人不会没报偿。"按铅垂线和水平仪来偷",一句绝顶聪明的俏皮话,再赏你一件。(又递一件衣服。)
特林鸠罗	怪物,来,往手指头上涂点粘鸟胶,剩下的都拿走。
卡利班	我一件不要。时间全耽误了,大家都要变成黑雁③,或额头低得厉害的猴子。
斯蒂凡诺	怪物,动用您的手指,帮把这些搬到我藏大酒桶的地方,不然,把您赶出我的王国。去,拿上这件。

---

① 绳下(under the line):"绳"(line)具三重意涵。第一,晾衣绳;第二,赤道;第三,隐喻外生殖器。与此对应三层含义:第一,取下的衣服在晾衣绳下;第二,皮坎肩到了赤道(线)下的,会因酷热而脱毛;第三,水手因患热病或性病而秃顶。

② 铅垂线和水平仪(line and level):木匠做家具时使用的铅垂线和水平仪。意即有方法、有条理地偷。在此,"(铅锤)线(line)"与"(晾衣)绳(line)"对应。另,"偷"(steal)与"妓女"(stale)谐音双关。

③ 黑雁(barnacles):鹅的一种,隐喻呆傻。猴子(apes):隐喻蠢笨。

特林鸠罗	还有这件。
斯蒂凡诺	对,还有这件。

(猎人追猎的声音。各种精灵扮成猎狗上,普洛斯彼罗和爱丽儿唆使其追逐众人。)

普洛斯彼罗	喂,高山①,喂!
爱丽儿	白银!那边,白银!
普洛斯彼罗	狂怒,狂怒!那边,暴君,那边!听!听!(卡利班、斯蒂凡诺、特林鸠罗被逐下。)——(向爱丽儿。)去,命我的小妖精们,用干巴巴的关节抽搐折磨他们,用老年痉挛抽缩他们的筋,把他们掐得浑身斑点比豹子和山猫还多②。
爱丽儿	听!他们在号叫。
普洛斯彼罗	把他们当猎物追个痛快。此刻,所有敌人任凭我摆布。我一切辛劳即将结束,你可以呼吸自由的空气。过一会儿,跟我来,帮个忙。(同下。)

---

① 高山(Mountain):此处与"白银"(Silver)、"狂怒"(Fury)、"暴君"(Tyrant)都是精灵装扮的狗的名字。

② 参见《旧约·耶利米书》13:23:"黑皮肤之人能改变肤色吗?花豹能除掉他身上的斑点吗?"

爱丽儿	白银！那边，白银！
普洛斯彼罗	狂怒，狂怒！那边，暴君，那边！听！听！

第五幕

第一场

普洛斯彼罗洞窟前

（普洛斯彼罗身披魔法长袍，与爱丽儿上。）

普洛斯彼罗　　现在我的计划即将成熟。我的魔法没搞砸，精灵们很顺从，时间老人轻装前行。这会儿几点了？

爱丽儿　　　　接近六点。主人，这个时间，您说过，我们的工作该消停了。

普洛斯彼罗　　我最初唤起暴风雨时，说过这话。哎呀，我的精灵，国王和他的随从怎样了？

爱丽儿　　　　就按您离开他们时下的指令，把他们一起关押，装扮一样。全是囚犯，主人，关在遮挡您洞窟的那片菩提树林里。不等您释放，动弹不得。国王、他的和您的兄弟，三人都还在发狂，其他人充满悲伤、沮丧，为他们深感痛心。尤其那位，先生，您称他"高贵的老臣冈萨洛"，泪水流在胡子上，

	像冬雨从茅屋顶滴落。您的魔法那么有力地镇住他们,您若现在瞧见他们,情绪会变得柔和。
普洛斯彼罗	精灵,你真这样想?
爱丽儿	如果我是人,先生,会这样想。
普洛斯彼罗	我会的。你,只不过是空气,对他们的痛苦都有一种触动、一种感受,而我自己,身为一个同类,与他们对情感的品味同样敏锐,能不比你更富于同情?尽管他们罪过极大,打在我最柔软的地方,我还是要以高贵的理性,抵御愤怒。更珍贵的行为,是美德,不是复仇。他们若已悔过,我唯一的目的,就不再多表露一丝怒容。去,释放他们,爱丽儿。我要打破魔咒,恢复他们的感官[1],让他们回归自我。
爱丽儿	我去带他们来,先生。(下。)
普洛斯彼罗	你们这些丘陵、小溪、宁静湖泊和树丛中的精灵;还有你们,以无痕的脚步在沙滩上追逐消退的尼普顿[2],等他一回来又飞逃;你们这些木偶一半大的小精灵,在草

---

[1] 感官(senses):视、听、嗅、味、触五种感觉官能。
[2] 尼普顿(Neptune):古罗马神话中的海神。此处以消退的尼普顿比喻大海退潮。

地上弄出的"绿色小酸圈"①,母羊都不吃;还有你们,把造"午夜蘑菇"②当消遣,一听庄严的晚钟③就欣喜;靠你们相助——虽说你们是脆弱的精灵——我曾遮暗正午的太阳,唤起反叛的风,在绿色大海与蔚蓝色穹顶④之间,引发呼号的战争⑤。我把闪电给了咯咯作响的可怕雷声,用周甫自己的霹雳,劈开他结实的橡树⑥。我使根基牢固的岬角震颤,把松树和香柏连根拔起。坟墓听命于我,唤醒长眠之人,敲开,凭我强大的魔法放他们出来⑦。(用魔杖在地上画一圆圈。)但这粗暴的魔法,我发誓放弃。等我召唤些上天的音乐——现在我就召唤——让我的目的,在对为他们而设

---

① "绿色小酸圈"(green sour ringlets):民间传说中的"仙女小皮伞圈",由蕈类(蘑菇等)植物在草地上形成的环状斑纹,传说将其与仙女跳环舞联系起来。母羊不吃这类带酸味的蕈类植物。
② "午夜蘑菇"(midnight mushrooms):一夜之间生长出来的蘑菇,传说乃精灵促其生长。
③ 晚钟(curfew):晚上九点敲响的钟声。传说中,晚钟敲响直到次日黎明,是精灵自由活动的时间。
④ 蔚蓝色穹顶(azured vault):蓝天。
⑤ 呼号的战争(roaring war):咆哮的暴风雨。
⑥ 橡树(oak):在古罗马神话中,橡树是众神之王朱庇特的神树。
⑦ 参见《新约·马太福音》27:52—53:"坟墓也被震开,许多已死的圣徒都复活了。他们离开坟墓,在耶稣复活后进圣城。"

的这空中符咒唤醒感官之时,我就折断魔杖,埋入几寻深的地下,把我的魔法书沉入测深锤永远探不到的更深处①。(庄严的音乐。爱丽儿在前;阿隆索以一种发狂姿态随后,冈萨洛陪侍;塞巴斯蒂安与安东尼奥亦呈疯状,阿德里安与弗朗西斯科陪侍。均走入普洛斯彼罗所划圈内,魔咒在身,站立不动。见此情形,普洛斯彼罗开口。)

普洛斯彼罗　(向阿隆索。)庄严的旋律,最能抚慰紊乱的想象,治愈你的脑子,此刻它一无所用,在你脑壳里翻腾!——(向塞巴斯蒂安与安东尼奥。)站那儿吧,符咒叫你们动弹不得。——(向冈萨洛。)虔诚的冈萨洛,可敬之人,我的双眼对你眼里的景象②深表同情,落下悲悯的泪。——(旁白。)符咒飞速解体,好比清晨偷袭夜晚,溶解黑暗,因此,他们正苏醒的感官,开始赶走笼罩清晰理智的蒙昧烟雾。——啊,高贵的冈萨洛!我诚实的保护者,你是侍奉陛下的忠臣,在言、行两方面,我都要报偿你恩惠。——(向阿隆索。)阿隆索,你对我和我女儿残忍至极,你弟弟是这一行动的推手。——(向塞巴斯蒂

---

① 原文为"And deeper than did ever plummet sound",即深不可测的海底。
② 眼里的景象(the show of thine):你眼里的泪水。

安。)为此,塞巴斯蒂安,你眼下受折磨。——(向安东尼奥。)亲骨肉,您,我的兄弟,讨好野心,驱逐悲悯和亲情。你,与塞巴斯蒂安一道——因此他内心折磨最强烈——要在这儿杀死你们的国王。你违背人性,但我要宽恕你!——他们的认知开始上涨,正涌来的潮汐,将很快涨满此时躺着污泥烂垢的理性海岸。他们谁都还没看我一眼,或者,都不认得我。——爱丽儿,去洞窟把帽子和长剑给我拿来。——我要褪去衣服,现出我做米兰公爵时的原貌。——速去,精灵,你很快将获自由。(爱丽儿下。)

(爱丽儿手拿帽子、长剑,唱歌上,帮普洛斯彼罗着装。)

爱丽儿　　　　　　(唱。)

蜜蜂吸蜜的地方,我在那儿吸吮;
我卧在一株野樱草①的钟形花瓣里:
在那儿歇息,直到猫头鹰发出哭叫。
我骑在蝙蝠背上飞行,
欢快地追逐夏季。

---

① 野樱草(cowslip):欧洲樱草。朱生豪、梁实秋均译作"莲香花",也有译本译作"流星花""金钟花"。

爱丽儿　　我骑在蝙蝠背上飞行，
　　　　　欢快地追逐夏季。

>快乐的,快乐的,
>
>我现在住在上面悬着花朵的枝头下。

普洛斯彼罗　哎呀,这才是我娇美的爱丽儿!日后我会想念你,但一定让你自由。——(整理衣装配饰。)好,好了,行了。——你照现在这样隐形,去国王船上。到那儿,你会发现水手们睡在舱口下;船长和水手长正醒来,催他们来这儿。请你,立刻去。

爱丽儿　　　我吞风而去,不等您脉搏跳两下,马上回来。(下。)

冈萨洛　　　一切折磨、困苦、惊悚、离奇,栖居在这里。愿上天之力引我们离开这可怕的国度!

普洛斯彼罗　国王先生,请看这受冤屈的米兰公爵,普洛斯彼罗。为更能证明,眼下是位活着的君王跟你说话,我拥抱你的身体,(拥抱。)对你和你的同伴,我衷心欢迎。

阿隆索　　　你到底是不是他,还是什么迷惑人的幻象,要来骗我——像我之前见的那样——我搞不清。你脉搏跳动,好似血肉之躯。而自从见了你,我内心的痛楚有了改善,那种痛楚怕是疯狂抓住了我。这一切——倘若都是真的,——势必渴求一个最离奇的描述。你的公国,我放弃,恳请宽恕我

	的罪过。——但普洛斯彼罗怎么还活着,怎么会在这儿?
普洛斯彼罗	(向冈萨洛。)首先,高贵的朋友,让我拥抱高寿的你①。你的忠诚不可测量、无法限定。
冈萨洛	这到底是真、是假,我不敢起誓。
普洛斯彼罗	您毕竟品尝了岛上一些幻觉,让您难以相信某些确定之事。——欢迎,各位朋友!——(向塞巴斯蒂安与安东尼奥旁白。)但你们,我这对朝臣,我若有意,此时就能鼓动陛下怒视你们,并证明你们是叛徒。这种时候,我不想透露内情。
塞巴斯蒂安	(向安东尼奥旁白,但普洛斯彼罗能听见。)魔鬼在他体内说话。
普洛斯彼罗	不!——(向安东尼奥。)对于您,最邪恶之人,称你兄弟,都怕弄脏我的嘴,我要宽恕你最卑劣的罪过——一切罪过——并要你归还我的公国,我清楚,这公国,你非还不可。
阿隆索	你如果真是普洛斯彼罗,把保命的详情告诉我们。三小时前,我们在这片海岸遇难,你如何在此地遇见我们? 在这岸边,

---

① 高寿的你(thine age):形容冈萨洛年迈身老。

|||我失去了——这记忆的剑尖儿多么锐利——爱子斐迪南。
普洛斯彼罗|||我为此痛心,先生。
阿隆索|||不可挽回的损失,"忍耐"①说这无药可救。
普洛斯彼罗|||我觉得您没向她求助。我有相似的损失,她温柔的恩典给我莫大帮助,我心满意足。
阿隆索|||您有相似的损失?
普洛斯彼罗|||同样大,同样刚发生。比起您尚有自寻安慰之道②,我能忍受这珍贵损失的办法太弱,因为我失去了女儿。
阿隆索|||一个女儿?啊,诸天!真愿他们都活着,在那不勒斯,当国王和王后!若能那样,我宁愿自己,埋在我儿子躺卧着的那块泥污的海床。您何时失去的女儿?
普洛斯彼罗|||在上一场暴风雨。我看这几位大臣对这次相遇如此吃惊,简直吞掉了理智,认为双眼所见几乎不是真的,话都说不出口。不过,无论你们的感官如何把自己挤出来,要确认,我是普洛斯彼罗,就是那个被

---

① "忍耐"(Patience):刻在坟墓上名为"忍耐"的女性雕像,也有译本称之为"忍耐女神"。

② 指阿隆索还有女儿克拉丽贝尔尚可自我安慰。

赶出米兰的公爵,顶奇怪的,我在你们遇难的这片海岸登陆,做了一岛之主。这事先不多说,因为这是一天接一天的编年史,非一顿早餐能说完,也不适于这初次见面。欢迎,先生!这洞窟是我的宫廷,里面几无随从,外头没一个臣民。请您往里看。我的公国,您既已归还,我要拿一件同样恰当的东西回报,至少呈上一个奇迹①,来满足你,正如我的公国让我满足。

(普洛斯彼罗展现洞中情景,斐迪南与米兰达正在下棋。)

米兰达	亲爱的夫君,您骗我。
斐迪南	不,我最心爱之人,把整个世界给我,我也不会骗。
米兰达	会骗,为二十个王国,您应该交战②,我会说它很公平。
阿隆索	若这也成了岛上一种幻景,我的爱子,要失去两回。
塞巴斯蒂安	至高无上的奇迹!
斐迪南	海浪虽吓人,却很仁慈。我毫无缘由地诅咒过它们。(向阿隆索双膝跪地。)

---

① 一个奇迹(a wonder):与"米兰达"(Miranda)的名字具双关意。
② 两人下的棋应是一种双方对阵交战的游戏。

阿隆索	此刻,让一个快乐父亲的所有祝福环绕你!起来,说说,怎么来这儿的?
米兰达	啊,奇迹!这里怎么有那么多好看的造物!人类多么美丽!啊,辉煌的新世界,里面都是这样的人!
普洛斯彼罗	这对你很新鲜。
阿隆索	(向斐迪南。)和你下棋的这位姑娘是谁?你们相识最多不过三小时。她是那位割断我们,又带来这样相聚的女神?
斐迪南	父亲,她是凡人。但凭借永恒的神意,她归我了。我选中她,那时无法征求父亲意见,也以为没了父亲。她是这位著名的米兰公爵之女,他的名声我早有耳闻,但从未见过。从他那里,我获得了第二次生命;这位淑女让他成了我第二个父亲。
阿隆索	那我也是她的父亲[1]。但是,啊,说起来多怪异,我非要向孩子请求宽恕!
普洛斯彼罗	到此打住,先生。咱们切勿用回忆给过往的沉重[2]添负担。
冈萨洛	我心底在流泪,要不早开口了。众神,你

---

[1] 此处上下句两个"父亲",前者指岳父,后者指公公。
[2] 沉重(heaviness):代指过去的悲伤。

	们往下看,一顶受祝福的冠冕降在这对情侣头上。因为是你们标明前路,引我们来到这里。
阿隆索	我说"阿门",冈萨洛。
冈萨洛	把米兰公爵从米兰公国赶走,是为了让其子孙成为那不勒斯国王?啊,欣喜之情超过寻常的快乐,把它用金字刻在不朽的纪念柱上。一次航程,克拉丽贝尔在突尼斯找见丈夫,她弟弟斐迪南在迷途之地找见妻子,普洛斯彼罗在一座贫瘠的岛上找回公国。我们所有人,无一不在迷失自我之时找回自己①。
阿隆索	(向斐迪南与米兰达。)伸手给我。谁不祝你们快乐,让痛苦与悲哀永远抓住他的心。
冈萨洛	唯愿如此。阿门!

(爱丽儿上,船长与水手长随后,神色惊恐。)

冈萨洛	啊,看,先生,看,先生!咱们的人又多了两个!我预言过,只要陆地上有一座绞架,这家伙就不会淹死。——(向水手长。)

---

① 参见《新约·路加福音》第15章:"一个罪人的悔改,在天上的喜乐会比已经有了99个无须悔改的义人所有的喜乐更大!……天使也要为了一个罪人的悔改而高兴……可是你这个弟弟是死而复活,失而复得;我们为他设宴庆祝是应该的。"

	喂,亵渎神明的家伙,在船上诅咒神恩,上岸一句诅咒也没了?到了陆地,就没嘴了?有什么消息?
水手长	最好的消息是,我们平安地找见国王和同伴。其次,我们的船,——三个沙漏①之前,我们刚宣布它断裂,——眼下,结结实实,经得起风浪,船帆索具气派,像头回出海时一样。
爱丽儿	(旁白。向普洛斯彼罗。)先生,这些事,都是我去之后办的。
普洛斯彼罗	(旁白。向爱丽儿。)我灵巧的精灵!
阿隆索	这些都很反常,变得越来越怪。——说,你们怎么到的这儿?
水手长	要是我觉得,先生,我若现在醒着,就尽力告诉您。我们睡得很死,何况——不知怎么搞的——都关在舱口下面,在那儿,就刚刚,随着各种奇怪的响动,吼声、尖叫、号叫、铁链叮当声,还有好多不同声响,一切都很可怕,把我们惊醒,立刻获得自由。在那儿,我们都衣着华丽②,重新见到咱们

---

① 三个沙漏(three glasses):三个小时。
② "皇莎版"原文为"in all our trim",意即我们都衣着华丽;"牛津版"为"in all her trim",意即(我们的)船整帆待发。

	威严、尊贵、英勇的船。船长一见,跳起舞来。眨眼间,您听好,活像在梦里,我们同他们分手,迷迷瞪瞪给带到这里。
爱丽儿	(旁白。向普洛斯彼罗。)做得不错吧?
普洛斯彼罗	(旁白。向爱丽儿。)棒极了,我勤快的精灵。你就要自由了。
阿隆索	这奇怪得像一座没人踏足过的迷宫,在这件事里,有些超乎自然力的引导,非要靠一些神谕矫正我们的知识。
普洛斯彼罗	先生,陛下,别让您脑子寄居在这件事的奇异上,受骚扰。选个空闲——很快就有空了——我替您消除疑惑,您会觉得,所发生的每一件事都近乎合理。在此之前,高兴起来,把每件事往好处想。——(旁白。向精灵。)过来,精灵,释放卡利班和他的同伙儿。解除符咒。(爱丽儿下。)——(向阿隆索。)仁慈的陛下可好?您同伴中,还走丢了几个您没记住的怪家伙。

(爱丽儿上,驱赶卡利班、斯蒂凡诺、特林鸠罗,几个人拿着偷来的衣服。)

| 斯蒂凡诺 | 每人管好别人,谁也别管自己[①]。因为一 |

[①] 醉酒的斯蒂凡诺把话说反了,应为:"每人管好自己,别管别人。"

|||切皆命运。——"拿出勇气"①！怪物勇士，"要有勇气"！
特林鸠罗|||若我头上配了一双牢靠的奸细②，这景象有看头。
卡利班|||啊，赛特波斯③！这真是些好看的精灵！我主人多好看④！他少不了要责罚我。
塞巴斯蒂安|||哈，哈！安东尼奥大人，这些是什么东西？能花钱买吗？
安东尼奥|||很有可能。其中一个简直是条鱼，不用说，有市场⑤。
普洛斯彼罗|||只看这几位穿的制服⑥，诸位大人，再说他们是否合规。——这个畸形无赖，——他母亲是个巫婆，巫术如此强大，能操控月亮，制造潮汐涨落，无须月亮之力，她自己能下令搞定。这三人偷了我东西，这半人半魔的怪物——因他是个野种——跟他们合伙密谋，要取我性命。这几个家伙，其中两个您一定认识，您的人。这黑咕隆

---

① "拿出勇气"（coraggio）：原文为意大利语。
② 奸细（spies）：眼睛。
③ 赛特波斯（Setebos）：前述卡利班的母亲西考拉克斯所拜之神。
④ 此时，普洛斯彼罗已身着米兰公爵官服。
⑤ 有市场（marketable）：指把怪物买来展出赚钱是可行的。
⑥ 斯蒂凡诺、特林鸠罗所穿制服是从普洛斯彼罗处偷来的。

	咚的东西,我承认,归我。
卡利班	我得被掐死。
阿隆索	这不是斯蒂凡诺,我的酒鬼管家吗?
塞巴斯蒂安	他这会儿醉了。——他哪儿弄的酒?
阿隆索	特林鸠罗也东倒西歪的。他们从哪儿找来这么冲的烈酒,把脸喝得镀了金。——(向特林鸠罗。)你怎么能这么腌在酒里?
特林鸠罗	打上次见了您,我一直这么腌在酒里,怕是腌进骨头缝里。倒不用担心苍蝇在我身上下蛆①。
塞巴斯蒂安	喂,怎么了,斯蒂凡诺?
斯蒂凡诺	啊,别碰我!——我不是斯蒂凡诺,只是一个劲儿抽筋②。
普洛斯彼罗	小子,您要占岛称王?
斯蒂凡诺	那也是一个浑身酸痛的王③。
阿隆索	这个怪东西,我从没见过。(手指卡利班。)
普洛斯彼罗	他言行不一,倒与形状相称。——(向卡利班。)去,小子,去我的洞窟。带上您的伙伴,若指望我宽恕,得把洞窟装饰漂亮。

---

① 意即连骨头都腌进了酒,死后尸体不会腐烂,苍蝇不会下蛆。

② 一个劲儿抽筋(a cramp):斯蒂凡诺被爱丽儿折磨得痉挛抽筋,加之喝醉酒,正浑身抽搐。

③ 一个浑身酸痛的王(a sore one):"酸痛"具双关意,亦指"可怕",意即那也是一个可怕的王。

阿隆索	这个怪东西,我从没见过。
普洛斯彼罗	他言行不一,倒与形状相称。

卡利班	遵命,我会的。今后我要长脑子,寻求恩典。从前我是条六倍蠢①的驴,把这酒鬼当成神,崇拜这个笨呆瓜!
普洛斯彼罗	行了,去吧!
阿隆索	去,你们的行李,哪儿发现的,放回原处。
塞巴斯蒂安	该说哪儿偷的。(卡利班、斯蒂凡诺与特林鸠罗下。)
普洛斯彼罗	(向阿隆索。)先生,我邀陛下及随从到我寒酸的洞窟,今晚在那儿休息一夜。到时,我花部分时间,费一番讲述,无疑让夜晚很快过去:讲我一生的故事,以及来这岛上之后经历的特定事件。明天清早,我把您带上船,一路驶向那不勒斯,在那儿,我希望看到我们挚爱的这对子女举行庄严的婚礼,然后,退回我的米兰,在那儿,每隔两个念头②想想自己的坟墓。
阿隆索	我渴望听您一生的故事,那一定令耳朵听了惊奇。
普洛斯彼罗	我要讲述全部,并保证给您平静的大海,吉祥的海风,飞速航行,让您赶上已远去的皇家舰队。——(向爱丽儿。)我的爱丽

---

① 六倍蠢(thrice-double):太过愚蠢。
② 每隔两个念头(every third thought):我要像仁慈基督徒该做的那样,不时冥思死亡。

儿——小宝——那是你的差事,然后回到元素里①,自由自在。再会喽。——请众位,移步。(除普洛斯彼罗,众下。)

---

① 回到元素里(to elements):回到水、火、空气和土里。

收场诗

普洛斯彼罗　　现在我的符咒尽数毁掉，
　　　　　　　我所有只是那最虚弱的
　　　　　　　自身之力。眼下说实话，
　　　　　　　你们定能把我监禁在此，
　　　　　　　或送往那不勒斯。我既
　　　　　　　已重获公国，宽恕骗我
　　　　　　　之人，别让你们用符咒
　　　　　　　叫我住在这座秃岛之上；
　　　　　　　但有你们仁慈掌声相助，
　　　　　　　就算把我从监禁中释放。
　　　　　　　诸位的亲切话语必撑满
　　　　　　　我的帆，否则，我讨好
　　　　　　　的计划失败。现在没了
　　　　　　　听令的精灵和施咒魔法，
　　　　　　　我的结局势必陷入绝望，
　　　　　　　除非凭借祈祷[①]获得解脱，

[①] 祈祷(prayer)：此为普洛斯彼罗在向观众请愿申诉。

触动之深,能突袭仁慈
本身①,宽恕我一切过错。
如同你们有罪希望宽宥,
恭请用赦罪状②放我自由。

（全剧终）

---

① 突袭仁慈本身(assaults mercy itself)：具有穿透心灵的力量。全句意思是：若我向你们(观众)的请愿,能深切打动你们的心,我的一切过错(演出之不足)就算得到宽恕。

② 赦罪状(indulgence)：中世纪天主教会颁发且可买卖的一种凭证。此处代指观众的赞许。

《暴风雨》:
一部亦悲亦喜、亦魔亦幻的浪漫传奇剧

傅光明

《暴风雨》被公认为莎士比亚后期单独写作的几部戏之一,探讨了包括魔法、背叛、复仇和家庭等许多主题。虽说该剧在1623年出版的"第一对开本"《威廉·莎士比亚先生喜剧、历史剧及悲剧集》中,位列第一部喜剧,但它兼具悲剧和喜剧主题,现代评论界为该剧和其他晚期莎剧创出一个"传奇剧"类别。对该剧的解释历来颇多,最典型莫过于两种:①可将其视为一部艺术与创造的寓言,剧中主人公普洛斯彼罗是莎士比亚的化身,他最后主动放弃魔法,标志着莎士比亚告别舞台;②可将其当成欧洲人殖民外国土地的一部寓言。

一、写作时间和剧作版本

1. 写作时间

梁实秋在所译《暴风雨》序言中,开篇指出:"技术的圆熟,文字的老练,声调的自然,以及全剧之肃穆严肃的气息,很明显地

《暴风雨》：一部亦悲亦喜、亦魔亦幻的浪漫传奇剧 | 145

表示这戏必是莎士比亚的思想艺术臻于烂熟时的作品。但是此剧究竟是哪一年著作的呢？"随后,梁实秋罗列出长久以来多达九种、分别由九位著名莎剧编家或注家或评家推断出的写作年份：1598、1602 或 1603、1604、1609、1610、1610—1611、1613、1614。事实上,确如梁实秋所分析,为确定该剧写作年代,只有一项绝对可靠的外证,即宫廷娱乐记录：1611 年 11 月 1 日"万圣节之夜"(Hallomas night),"国王剧团"在王宫"白厅"詹姆斯一世御前上演该剧；1612—1613 年跨年那个冬季,"国王剧团"在宫中举行伊丽莎白公主结婚大典,该剧作为庆典剧目之一再度上演。"此外的各种证据,都是内证,并且都不免是臆测。"①

不过,另一部被许多现代编者重贴标签视为传奇剧——有些批评家视为"问题剧"——写于1610或1611年的莎士比亚晚期剧作之一《冬天的故事》(*The Winter's Tale*),或可再提供一个外证,即《暴风雨》可能写于《冬天的故事》之前或之后或与之同时。

然而,在英国当代莎学家乔纳森·贝特(Jonathan Bate,生卒不详)所编"皇家莎士比亚剧团版"《莎士比亚全集》(简称"皇莎版")《暴风雨·导论》中,关于该剧写作时间,附有这样一句短言："1610 年秋季之前,无法获得(剧中)所用的原始素材。"②换言之,莎士比亚编写《暴风雨》必须仰赖的有些"原型故事",在

---

① 《暴风雨·序》,《莎士比亚全集》(第一集),梁实秋译,中国广播电视出版社,1995年,第5—6页。

② *The Tempest*·Introduction, Jonathan Bate & Eric Rasmussen 编,外语教学与研究出版社,2008年,第5页。

1610年秋天到来时,尚未问世。即便是天才编剧如莎翁者,同样巧妇难为无米之炊。

由此,可以推断,《暴风雨》写于1610冬至1611年夏秋之间。

2.剧作版本

爱德华·布伦特(Edward Blount,1562—1632)是横跨伊丽莎白时代(1558—1603)、詹姆斯时代(1603—1625)和卡洛琳时代(1625—1649)三个王朝的著名出版、印刷商。1623年11月8日,他将《暴风雨》注册在位于伦敦的"书业公会"出版登记簿上,《暴风雨》是布伦特在这一天登记的十六部莎剧之一。随后,布伦特与另一著名出版、印刷商威廉·贾格德(William Jaggard,1568—1623)联手协作,印行"第一对开本"。

《暴风雨》不存在版本问题,收入"第一对开本"中的《暴风雨》为该剧唯一权威版本。

需要说明的是,"第一对开本"两位编者,莎士比亚所属"国王剧团"的同事、演员约翰·海明斯(John Heminges,1566—1630)和亨利·康德尔(Henry Condell,1576—1627)在编辑第一部莎剧全集时,或有意将《暴风雨》置于开卷头篇,作为示范:不仅准确分出五幕及各场次,而且舞台提示颇为精致,并附有登场人物表。要知道,在"第一对开本"中,只有包括《暴风雨》在内的四部剧,附有登场人物表,其他均无。同时,该剧文本错讹很少,应是根据剧团抄写员精心誊抄的一份文稿而来。关于把《暴风雨》置于卷首,梁实秋在《暴风雨·序》转述过这样一段话:《暴风雨》在"第一对开本"全集里,是第一部戏。为什么它要占这样光荣的地位呢?法国批评家埃米尔·蒙特古特(Emile Montegut,1825—

1895)说,《暴风雨》就像古书弁首的图案一般,暗示给读者以全书的内容。别的戏没这种效用,其他任何一出戏都不能这样概括其余。恰似对于一位有经验的植物学家,选择三四种已出版的植物即可代表半个地球的花卉,所以,普洛斯彼罗、爱丽儿、卡利班、米兰达这几个人物,就可以把莎士比亚的整个世界放在我们的想象面前了。"这一番话很新颖,但是究竟不免附会之嫌。"①

二、原型故事

以往很长一段时间,大多数学者始终认为,《暴风雨》是莎士比亚少有的,甚或唯一一部原创剧,以至于常有下功夫搜寻《暴风雨》原型故事的学者遭到奚落。梁实秋在他《暴风雨·序》中引用英国著名莎学家、"新剑桥莎士比亚"编者约翰·多佛·威尔逊(John Dover Wilson,1881—1969)所说,即明证:"那些一定要给每一莎士比亚戏剧的情节搜寻一个'来源'的人们,(好像莎士比亚自己就不能创造似的!)对于《暴风雨》就要失望了。"梁实秋随后找补一句"就教他们失望吧"②。换言之,在威尔逊和梁实秋这中、英两大研究莎士比亚的前辈眼里,《暴风雨》是莎翁"创造"的!

然而,时至今日,真可以说:"莎士比亚自己没有创造,而只

---

① 参见《暴风雨·序》,《莎士比亚全集》(第一集),梁实秋译,中国广播电视出版社,1995年,第8—9页。
② 《暴风雨·序》,《莎士比亚全集》(第一集),梁实秋译,中国广播电视出版社,1995年,第7页。

是编创! 若非用'创造'一词不可,那所有莎剧都是在'编'之基础上'造'出来的。《暴风雨》自不例外。但时过境迁,随着莎士比亚新研究成果的呈现,可以确定,《暴风雨》像其他任何一部莎剧一样,乃莎翁之编创,而非'创造'。这从以下'新剑桥版'《暴风雨》导论中的相关论述,可见一斑。"[1]

1. 来源和背景

《暴风雨》最不寻常之处在于——像其他极少数几部莎剧一样——并没有单一的主要叙事来源。然而,人们普遍认为,莎士比亚对古罗马诗人维吉尔(Virigl,前70—前19)和奥维德(Ovid,前43—17)及法国作家蒙田(Montaigne,1533—1592),做出大量而实质性的影射,并(可能)对1609年威廉·斯特雷奇(William Strachey,生卒不详)关于"海洋冒险号"(Sea Venture)在百慕大群岛遇难的报道《海难纪实与骑士托马斯·盖茨爵士之救赎》(True Reportory of the Wracke and Redemption of Sir Thomas Gates, Knight)做出影射。更普遍的看法是,该剧与其他晚期莎剧一样,体裁上属于"传奇剧",这一传统可追溯到后期希腊著作,并在伊丽莎白统治后期诗人菲利普·西德尼(Philip Sidney,1554—1586)《阿卡迪亚》(*Arcadia*)这类作品中复兴一时。就其内容和戏剧手法而言,该剧借鉴了意大利即兴喜剧(commedia dell'arte)和宫廷假面剧的独特体裁,莎士比亚的朋友兼竞争对手本·琼森(Ben Jonson,约1572—1637)正是在这一时期,为詹姆斯时代的宫廷拓展了这种体裁。

---

[1] 此节论述源自 Introduction, *The Tempest*, Edited by David Lindley, Cambridge University Press, 2003, pp. 3-12。

模仿是作家训练之本,这种模仿可能会引发与原文本的各种关系,范围从微不足道的回应,通过细微的影射,到持续的对话。事实上,在2012年伦敦奥运会开幕式和闭幕式上对该剧台词的朗诵,十分清晰地表明,一段没有上下文语境的引语,对于被引用者的文化声誉和意义能发挥多少作用,而并不指望观众能记住这段台词引自第三幕第二场第127—135行,它实际上出自"怪物"卡利班之口;也不会因奥运会仪式的花销,记住斯蒂凡诺对当时白听音乐的回应。由此,在考虑《暴风雨》与其各种素材来源和前身的关系时,重要的是,对可能存于文本、素材和背景之间的不同关系,以及我们由其对该剧做出反应的不同影响,树立一种清晰认识。尽管最转瞬即逝的引用,或对描绘作者思想和暗示他或她的创意关注感兴趣,但在戏剧中,只有当一个文本假定观众识别出其素材来源时,二者本身间的关系方可成为意义的主要部分。该剧以各种方式运用其素材来源及类似物,我们从莎士比亚明白无误直接暗指的那些文本开始。

2.维吉尔,奥维德和蒙田

在《暴风雨》中,由若干清晰回忆宣告维吉尔的现身。斐迪南见到米兰达,第一句评语是:"千真万确,那些歌侍奉的就是这位女神!"与史诗《埃涅伊德》(Aeneid)相呼应;弗朗西斯科在第二幕第一场第108—117行的台词细节——"我见他击打身下的海浪,骑在波涛的背上。踩着水,把海水的敌意推到一边,挺胸迎上涌涨最凶的浪头。大胆的头颅一直露在好斗的浪涛之上,在奋力击打中用健硕的双臂划向岸边,那被侵蚀的悬崖底部凸出来,向海里弯曲,好像要俯身救援。"——取自《埃涅伊德》第二章第203—208行对大蛇游向岸边的描述;爱丽儿在第三幕第三场以复仇的鸟身女妖形状出现,与《埃涅伊德》第三卷里写古希腊神话中塞拉伊诺(Celaeno)那一段相似。然而,这些参照在多大程度上把维吉尔原文本作为一个整体与莎剧形成实质性对话,这一问题尚有争议,因为单一的著名短语"啊,女神"(O dea certe)已与原文背景全无关联,成为知识分子的共同财产,而弗朗西斯科的台词背景与维吉尔原文本迥然不同,这表明莎士比亚为处理"游泳"这一话题,只简单查阅了自己的摘录簿。即便鸟身女妖那一段,普洛斯彼罗在赞美爱丽儿的"优雅"时,也强调他的精灵与维吉尔令人反感的原型不同,而我们似乎被引向接续鸟身女妖这一神话形象的寓言之中。

然而,最无可争议的关联是,第二幕第一场,冈萨洛将克拉丽贝尔抵达突尼斯与迦太基狄多女王的情形相比,正如乔纳森·贝特所说,这似乎是"大力挥舞标有《埃涅伊德》的旗帜"。随后,冈萨洛与安东尼奥、塞巴斯蒂安和阿德里安关于这位著名女王的争吵,在维吉尔的故事与关于迦太基狄多女王更古老的历史记载之间,展开一场竞赛,而这正是在将迦太基狄多女王视为理想化贞洁偶像这一视角之间建立起来的张力。一方面,是女王的非法性行为;另一方面,这是斐迪南和米兰达的故事最为严重的后果。在某种程度上,他们以其自身关系与维吉尔的史诗相关联,但又以与之相区别的方式来定义。先是迦太基狄多女王和埃涅阿斯偷吃禁果的山洞受调用,却遭摒除,因为斐迪南断言那"最阴暗的洞穴"不会引起他的淫欲。然而,随后,又由洞窟戏谑性地召回,在洞窟中,斐迪南和米兰达终被发现,而在米兰达挑战未来丈夫"亲爱的夫君,您骗我"这句话里,一种与古典恋人的潜在平行关系得到加强,因为"骗人的"(false)这个形容词经常公式化地用在埃涅阿斯身上。不过,这一亲密关系很快被否定,维吉尔故事在他们订婚的假面舞会的神话中反转,曾主持过狄多和埃涅阿斯联姻的维纳斯遭放逐,他们得到埃涅阿斯的敌人——天后朱诺的祝福。能识别出这些线索的观众,会很容易对斐迪南和米兰达做出回应,将其视为维吉尔笔下这对恋人的修正版、对立版。

莎评家们对维吉尔式关联的含意做过详尽阐述和辩论。例如,该剧开场的暴风雨与引发史诗情节的暴风雨相关;阿隆索从突尼斯到意大利的旅程中断,与埃涅阿斯从特洛伊到罗马的旅程相似。维吉尔的史诗主题是建国,这与十六七世纪的殖民事业相关(正如这一时期讨论帝国扩张一样)。芭芭拉·莫瓦特(Barbar Mowat,生卒不详)认为,这最后的关联将"16世纪'新世界'之探索、扩张和旧的种植园,置于寻找、征服和统治'新世界'的古老故事中"。但并非每个人都觉得这些说法有说服力。例如,乔纳森·贝特认为,"适用这一模式极为困难"。对他来说,更具影响力的是奥维德,不是维吉尔。

唯一直接口头借用奥维德的是普洛斯彼罗在第五幕第一场第33—57行放弃魔法,他这段台词取自《变形记》第七卷第197—209行,莎士比亚在创作自己这版台词时借鉴了威廉·戈尔丁(William Golding,1911—1993)的英译本。鉴于古希腊神话中以巫术著称的美狄亚的台词,在魔法文学和舞台上的突出地位,可以肯定,相当多最初的观众会立即认出其经典出处,并能因此注意到普洛斯彼罗与原文本的重大偏离。例如,在美狄亚召唤"树林和夜晚的精灵""现身"以帮她施展魔法之处,普洛斯彼罗丢失了句子的句法,并忘记让显然是他召唤的"精灵"执行任何行动。这就为偏离奥维德做好了准备,任何博学的普通观众都不可能错过:普洛斯彼罗放弃了魔法。由此,在最明显的层面上,正如斐迪南和米兰达不是"埃涅阿斯和狄多",普洛斯彼罗也不是"美狄亚",只是这一召唤比美狄亚召唤的作用更复杂。普洛斯彼罗独白时,随着独白对原型女巫的回想这一事实变得明显,我们对其力量和强度直接做出回应,一旦普洛斯彼罗将美狄亚"让幽灵行走"的说法加以放大,那对他魔力的潜在亵渎就明显得令人恐惧。通过对一极为著名的原文本的变异,普洛斯彼罗魔法的合法性问题,尖锐呈现出来,并非作为一个简单的辩论问题,而是观众所经历的一些事。对于任何一个普洛斯彼罗来说,找到发表这段独白的途径确实是一个考验。许多人尝试从一个安静的、需要耳语,随后声音不断增强的开场开始,没有比德里克·雅各比(Derek Jacobi, 1938—)1982年在斯特拉特福德的表演更令人兴奋,这一表演加强了普洛斯彼罗对他即将放弃的魔法的依恋感。我们回到魔法问题,但与《埃涅伊德》一样,下一个问题是,与古典诗人对话在多大程度上超出了这个特定参照。乔纳森·贝特在《暴风雨》中看到了一种典型奥维德式对变形的强调(例如,第一幕第二场爱丽儿"你父亲躺在五寻深"这首歌中的形象),以及在第四幕假面舞会中对奥维德之农业和婚姻"白银时代"的实质性回想。冈萨洛在第二幕第一场的台词中提到古典诗人的"黄金时代",与之相伴的是一个公有制、无须法律和规章制度的世间幻景。

然而,冈萨罗台词所用措辞直接取自蒙田散文《食人族》中奥维德的观点。蒙田的散文显然是此莎剧的"素材来源",或仅可能是剧中另两处片刻之源。莎士比亚极不可能指望观众认出其中任何一个引喻。毋庸置疑,他并未像与奥维德和维吉尔那样,与这位法国作家进行一次对话。不过,有充分理由认为,蒙田之于莎士比亚,至少同古典作家一样重要。蒙田对美洲居民的描述,即这段话的出处,明确了他对所讲述故事的实质和报道的真实性感兴趣。蒙田宣称,他关于食人族的信息源自在那里生活过十二年的一个人,在与莎剧产生强烈共鸣的一段话中,蒙田探讨了他所得到这份证词的性质:

> 我这仆人,是个简单粗蛮的家伙,这种情况倒适合提供真实证据。因为,敏锐之人确可更好奇、更精准地标记与观察事物,但他们会放大和美化它们:为能更好地说服别人,使自己的解释更具效力,从不真实地表达事物。

这段话不仅与第三幕第三场中,朝臣们在思考奇怪形状的岛民时简短提到的旅行者的故事非常相关,还暗示出遍及全剧的真实报道的根本不确定性。此外,蒙田利用食人者形象对欧洲社会的政治与社会结构,做了一次持怀疑态度的批判,并将这篇散文带入那个时期殖民主义讨论的轨道中。正是蒙田这一探索性思维习惯,其对任何问题多方面的观察能力及对简单判断的拒绝,在对莎剧的开放性解读中得到回应。

3.殖民叙事

爱德华·马龙(Edward Malone,生卒不详)第一个认为莎剧《暴风雨》受到1609年"海洋冒险号"在百慕大海岸失事报道的影响,遇险船员逃脱死亡,1610年5月,最终抵达弗吉尼亚。后来的学者认为,莎士比亚特别吸收了三个文本:西尔维斯特·乔丹(Sylvester Jourdain,生卒不详)《百慕大群岛之发现》(1610年);弗吉尼亚议会《弗吉尼亚殖民地真实状况之声明》(1610年);威廉·斯特雷奇题为《沉船之真实报道》的一封信。日期注明1610年7月15日的这封信,有较短和较长两个版本存世,但直到1625年,才被收入英国国教牧师萨缪尔·帕切斯(Samuel Purchas,1577—1626)出版的《帕切斯的朝圣者》(*Hakluytus Posthumus, or Purchas His Pilgrimes*)书中。不过,人们认为,莎士比亚把这封信用在手稿之中。

不幸的是,关于斯特雷奇的信是不是莎剧素材来源的讨论,已不可避免地与"作者身份之争"纠缠一处。因为,如果《暴风雨》依靠了一份1610年的素材,那关于1604年去世的"牛津伯爵"(Earl of Oxford)是莎剧作者的说法,则完全不成立。这一潜台词说明,近来对这一问题争论凶猛。这些奇迹般地保存下来的关于[北美洲第一个英国永久殖民地弗吉尼亚詹姆斯敦(Jamestown)总督]托马斯·盖茨爵士(Sir Thomas Gates,1585—1622)、乔治·萨默斯爵士(Sir George Summers,生卒不详)及其同僚的叙述,很可能为莎士比亚所得,并影响到莎剧;而对于1611年的一名观众,无可争辩的是,这种相似性会给该剧带来一个无法抗拒的时事性话题。但这些作为具体言语来源的文本,毫无疑问无法查清。斯特雷奇对于《暴风雨》的描述，本身就是一个标准套路话题之上的变体，而且，正如评论所指出的，许多其他文学作品的相似之处都贴近莎士比亚。何况，无论人们如何看待莎剧与这些小册子的准确关系，至少它们是可被莎士比亚所用、许多与殖民冒险——西班牙和英国都算——相关的作品的范例，不可否认的是，它们以重要的方式影响了该剧。

在过去四十多年里，该剧剧情及其所引发与殖民美洲相关的论点，已成为占主导地位的批评观点。普洛斯彼罗和卡利班在第一幕第二场，讲述一种友好关系恶化为叛乱和统治的历史，在许多关于西班牙、英国与南、北美洲当地族群打交道的描述中，皆有相似之处。特林鸠罗和斯蒂凡诺将卡利班视为一件能从中牟利的潜在展品（安东尼奥在第五幕第一场重复这一看法），明显影射这种方式，即"印第安人"（Native American）的确被作为"一次成功航行的战利品"用船运回英国。最具说服力的是，普洛斯彼罗在第五幕第一场对阿隆索的简要叙述中，随口宣称他来到岛上"做了一岛之主"，而卡利班在第一幕第二场中的呼喊"这岛是我娘西考拉克斯给我的，你从我手里夺去"——将近代早期关于征服和殖民化政权的争论，毫不含糊地引入剧中。

还有其他一些间接的方式，其中殖民主义者的关注可能被视为对该剧的影响。如美国当代作家、洛杉矶加利福尼亚大学政治科学与历史学教授安东尼·派格登（Anthony Pagden，1945—　）所论证，与"美洲新世界"的冲突为欧洲文明提出了将其发现"纳入他们的宇宙学、地理学，以及终极人类学理解"的问题，尤其发现一种可以代表这个世界的语言。如派格登所说：

"困难在于,将一个新的、貌似奇异的世界之描述,与那些骑士传奇中所描述的世界拉开距离。"然而,旅行作家的困难对戏剧家来说是个机会,戏剧家能用其受众熟悉的旧文学词汇演说新世界。这种融合,在《暴风雨》第三幕第三场贵族们与带入筵席的几个怪物间的冲突中显而易见。例如,阿隆索"这是什么乐声?"的惊叫,导致其他人所谈旅行者的故事,被证明是真实的,而冈萨洛评述这些"岛民":

> 尽管他们长得奇形怪状,但注意,他们的举止,却比你们能在我们人类中找见的许多人,不,几乎任何人,更温情、友善。

冈萨洛试图在"奇形怪状"的岛民和"我们人类"之间做一区分,直接暗示出关于美洲人之本性的争论。(他之对于岛民更文明的感觉,指向他先前引用过的蒙田散文的论点。)面对美洲印第安人社会的根本差异,第一批探险家们争论的是,这些岛民是否应被视为人类或动物,他们是否处于其早期阶段的文明典范中,因此能被引向欧洲进化的"更高"状态,反之,则根本无法与所有现存行为规范相比。这些问题是关于殖民计划争论的核心,诚然,对卡利班在舞台上的表现至关重要。

批评家们指出,对"新世界"帝国的讨论方式,与英国对离国土更近的爱尔兰殖民地的关注相共鸣。同样的问题,同样的分类问题,同样的"他者"策略和同样的暴力镇压的正当理由,部署在一个对大多数人来说,比起英国人在弗吉尼亚州不太有效的小规模冒险,更具直接相关性、更有清晰能见度的背景下。但无论把弗吉尼亚,还是爱尔兰,抑或两者,都作为参照点,对于阅读《暴风雨》,认识到这些是这一时期争论和争议的问题,并认为这正是该剧所展现的"辩论",显然很重要。尤其在对卡利班,及其与普洛斯彼罗、斯蒂凡诺斯和特林鸠罗关系的模糊表达中,莎士比亚在观众眼前上演了这场辩论。

不过,有些批评家反对调用美洲的背景。该剧强调剧中岛屿位于意大利和北非海岸之间——不仅贵族们在从突尼斯返航途中遇难,而且,正是一次对谈中的赘言显出其重要,即普洛斯彼罗从爱丽儿嘴里获知西考拉克斯来自阿尔及尔这一信息。这两个地方都在奥斯曼帝国的控制之下,也是西班牙人试图征服的地方。作为一处海盗的避风港,一处欧洲人自己受奴役的地方,阿尔及尔被记录在案。然而,这些指向非洲层面的戏剧的功能、效果,似乎难以捉摸。尽管1611年的观众对阿尔及尔和突尼斯之重要性的认识似乎不言而喻——且比现代读者容易识别,其很可能更具即时威胁性,但为使该剧在北非层面上产生更多共鸣所做的努力,很难令人完全信服。

三、浪漫传奇剧:亦悲亦喜、亦魔亦幻

莎剧《暴风雨》,从1611年11月1日"万圣节之夜"由莎士比亚所属"国王剧团"在英格兰国王詹姆斯一世王宫"白厅"首演,至今历经四个多世纪,从批评视角如何解读?像解读任何一部莎剧一样,始终呈现两大特点,或曰两大想象:一是如德国作家歌德(Johann Wolfgang von Goethe, 1749—1832)所说"莎士比亚

是说不完的",即话题无尽,面向未来,永无止境;二是各时代的莎学家们凭其才学智慧,呈现出常有真知、异见的多元解读,永无定论。

《暴风雨》是一部几无情节的魔幻传奇剧,剧中有魔法师(普洛斯彼罗)、有女巫(西考拉克斯)、有精灵(爱丽儿及一众小精灵)、有非人类(怪物卡利班),"他们"都不算单纯的"人物",这似乎更增加了多元解读的可能性。法国作家雨果(Victor Hugo,1802—1885)在《莎士比亚论》中,曾以浪漫之笔写下:"《暴风雨》《特洛伊罗斯与克瑞西达》《威尼斯商人》《温莎的快乐夫人》《仲夏夜之梦》《冬天的故事》是些什么?是虚构,是图案。图案在艺术中就像植物在大自然中一样。图案在一切幻想之上扩张、生长、互相衔接、落叶脱皮、繁殖变绿、开花生枝。图案永无止境;它有一种不可思议的生机;它充塞着地平线,并且又开拓出另一个地平线;它以无数的交叉物遮住光辉的内部,而如果你把人类的形象附加在这枝丫上,这整体就会使人眼花缭乱;这便是给读者的一种感动。人们透过一重疏栏,在图案之后辨识出整个的哲学。"[①]

由雨果所说不难发现,理解该剧之难在"虚构"和"图案"之上的"整个的哲学"。因而,在此以几位著名莎学家、文学批评家先贤所言,略微提供其"哲学"的几点。

1."暴风雨"的象征意味

英国著名莎学家、文学批评家威尔逊·奈特(Wilson Knight,

[①]《莎士比亚的天才》(选),柳鸣九译,《莎士比亚评论汇编》(上),中国社科院外文所外国文学研究资料丛刊编委会编,中国社会科学出版社,1985年,第412页。

1897—1985)在《莎士比亚的暴风雨·序》一文开篇,即点明题旨:"我们进行任何学术研究,首先总要求有某种统一的原则;但这恰好是我们理解莎士比亚当中缺少的东西。……这就是贯穿在各剧之中的'暴风雨'与'音乐'的对立。

"任何诗人都可以自由使用暴风雨的象征。这种象征确实具有普遍的感染力,在圣经中,在古典作品和整个英国文学当中都可以找到:也许在我们的赞美诗集里最明显。音乐的象征也是这样。莎士比亚使用音乐象征是非常明确的。……谁要是只把暴风雨的意象看成能判定作者是谁的证据,那么在别的作家那里去找一找暴风雨的象征,就会很快使自己失望。在任何一个例证中,暴风雨只是一个不充足的证据。可是,暴风雨和音乐的对立却间接地有助于解决作者是谁的问题。……莎士比亚区别于其他诗人的地方,就在于他特别一贯地使用最普遍的意象和象征。

"所以,暴风雨是极为重要的。它与音乐形成对立,从而构成莎剧唯一的统一原则。'人物塑造'、情节、诗律,甚至典型的'价值',都会发生变化;剧本可以是悲剧、历史诗、喜剧或田园剧,……莎士比亚的戏剧当然有心理的和伦理的因素,但此外它还有许多别的更带普遍性的东西。而且,这些东西正好就是构成我们的诗歌欣赏的因素。……艺术形式中的任何东西一旦与象征相联系,立即就发生一种力的变化;而与此同时,象征也随着每种新的联系发生力的变化。我们不能说,任何一个象征都有比它在特定上下文中必然具有的含义更多或更少的意义。我们最终只能说,象征具有力的关系:它接收力,又把力传播出去。

莎剧中的暴风雨或大海就是这样。……大海通常充满了悲剧的力量。它常常使人联想到'死亡';它常常是一种无形的混沌;可是,如果是平静的大海的形象,它又可以使人联想到和平。此外,它那无边无际的广阔可以使人想到无穷的罪恶,也可以使人想到无穷的光荣;它与岩石的愤怒的争斗既可能表示高贵,又可能表示野蛮;它那无底的深渊堆满从沉没的航船中偷来的珍宝。……我们显然不能绝对地说,莎剧中的大海有一个一贯的作为象征的含义,而只能说大海最终就是它本身,就是大海。只有在我们开始解释它的时候,它才成为一个象征。暴风雨也是如此。……自然界中的暴风雨在莎剧中基本上都是残酷的,但它们的出现往往是用来衬托一种从精神体验说来甚至更为残酷的暴风雨般的现实。相比之下,暴风雨就是温和的了,而之所以写暴风雨,似乎主要就是为了我们能够意识到这种温和。因此,暴风雨在各个剧中各不相同。我们不能说,暴风雨总是绝对地相当于悲剧,因为它们也很可能与悲剧形成对照。……我认为,即使我们以最彻底的怀疑精神去进行解释,我们也不得不承认暴风雨和音乐意味深长地始终贯穿在全部莎剧之中,而这种意味就构成莎士比亚作品唯一的最终的统一。"[1]

从奈特所说出现在莎剧中的暴风雨,可以想见莎士比亚赋予其怎样的象征意涵,更不必说索性拿"暴风雨"当剧名,且常被视为莎士比亚告别舞台之作的《暴风雨》。事实上,莎士比亚从

---

[1]《莎士比亚的暴风雨·序》(选译),张隆溪译,《莎士比亚评论汇编》(下),中国社科院外文所外国文学研究资料丛刊编委会编,中国社会科学出版社,1985年,第378—380页。

开场到剧终描绘的一头一尾两幅暴风雨"图案",即可知其象征意涵是宽恕与和解,是爱与和平。第一幕开场,普洛斯彼罗凭强大魔法掀起的暴风雨,将两个主要仇敌阿隆索、安东尼奥及潜在的篡位者塞巴斯蒂安等人抛入大海。换言之,普洛斯彼罗未伤害任何人,因为他打定主意,要用大自然"暴风雨"帮他完成宽恕、和平复仇,这里没有丝毫莎士比亚悲剧、历史剧中复仇的残暴血腥。一切结束之后,普洛斯彼罗主动放弃魔法,折断魔杖,淹没魔法书,与得到他宽恕的昔日仇敌一起,在"平静的大海、吉祥的海风"中,"飞速航行",踏上归程。诚然,莎士比亚并未忘记在剧中描写"从精神体验说来甚至更为残酷的暴风雨般的现实",那就是,十二年前,身为米兰公爵的普洛斯彼罗与不到三岁的女儿米兰达,被篡位的弟弟安东尼奥残酷地抛向咆哮的大海。

2.《暴风雨》的严酷现实性

英国莎评家里维斯(F. R. Leavis,1895—1980)在其《对莎士比亚晚期戏剧的评论——谨防误解》(1952)一文中指出:"《暴风雨》之不同于《冬天的故事》,就在于它更接近现实,即我们通常寄希望于小说家的那种现实性;而'非现实性'却渗透并塑造着《冬天的故事》的一切方面,这种特征在《暴风雨》中,却只限于普洛斯彼罗创造的意象和其中的精灵。至于普洛斯彼罗本人、那些那不勒斯和米兰的贵族与士绅们、斯蒂凡诺和特林鸠罗、船上的众水手们——这些人和《奥赛罗》剧中人一样是属于现实小说家的那种'现实'的。普洛斯彼罗制造船祸,使各派人物登上小岛,并指引他们最后走到一个集合地点来,是的,但我们感到这些人在行动和言谈上,都是我们生活中每天遇到的普通人。侍臣们都是伊丽莎白式的人;冈萨洛力图安慰国王并引用蒙田的进步思想来提起对话的精神——这些是符合现实的。甚至那妖怪和女巫生出卡利班的这件事也很自然地引起现代评论家的注意,使他们产生讨论莎士比亚对发现新大陆的兴趣和对文化影响土著人的兴趣。

"非现实性表现在爱丽儿身上,也表现在普洛斯彼罗的法力上:他有能力使罪人忏悔,使公国恢复(这好像是白日梦变成了现实)。但是这种非现实的能力,作为许多特殊的想象力来说,已在本剧主要象征中正式声明过,而且普洛斯彼罗最后不只放弃了魔法,折断了魔杖,沉没了魔法书,就是这里的白日梦也不曾歪曲过人性和道德的现实。何况即使不借助魔法,阿隆索也可能深受自己良心的谴责,所以他的忏悔也不是令人不能信服的;另一方面,我们看到那两个邪恶的人,塞巴斯蒂安和安东尼奥却依然怙恶不悛。他们很快要和斐迪南和米兰达做个对比,他们所代表的是这对爱人所要返回的那个世界中的潜在因素,他们代表这对爱人在没有魔法保护情况下要生活下去的那个世界。'啊,辉煌的新世界,里面都是这样的人!'——这既是非讽刺性的,也是讽刺性的评述。莎士比亚能够令人信服地而且异常生动地揭示出非讽刺性的景象(即米兰达和斐迪南给我们的景象),同时又能够想到其中蕴藏的讽刺。

"那么,把《暴风雨》视为杰作是正确的;但我怀疑它是否享有了一般偏高的评价。……在阅读《暴风雨》时,我们并没有认为这样富有灵感的诗和完美无瑕的艺术已暴露出诗人创造力的枯竭苗头,然而在普洛斯彼罗放弃他的魔法的声明里,在那一场幻景的讲话里,我们也许会认为这里的情调(在这一情调下莎士比亚能在戏剧本身的象征活动中明确地分清艺术和艺术所安排与表现的生活——生活只是梦的素质所构成的),是缺乏《冬天的故事》提供给我们的那种发自根部的活力的。"①

显然,可将"现实性"与"非现实性"视为《暴风雨》两条清晰的结构线,两线戏剧力的交汇点,或曰戏剧冲突从何而来,则是普洛斯彼罗的魔法,否则,这势必是两条平行线。换言之,这正是莎士比亚的写作方式和戏剧技巧,即通过一座非现实、充满魔法的荒岛来解决现实中的问题。而这其实也正是现实的残酷性,若不在非现实之中,现实问题无从解决。这何尝不是人性的死结!或正因如此,以斐迪南迎娶米兰达作为圆满结局的《暴风雨》,才有了里维斯这样理性而残酷的结论:"'啊,辉煌的新世界,里面都是这样的人!'——这既是非讽刺性的,也是讽刺性的评述。"一方面,在这场暴风雨之前,除了父亲和半人类卡利班,从未见过其他人类的米兰达,将与一见面就爱、并嫁的斐迪南来到"辉煌的新世界",因为"里面都是这样的人";另一方面,在即将到来的、不再有魔法护佑爱与和平的"新世界"里,"塞巴斯蒂安和安东尼奥却依然怙恶不悛"。

这个人类或曰人性的大问题,似永无解决之道。恰如英国批评家克里斯托弗·考德威尔(Christopher Caudwell, 1907—1937)在《英国诗人》(*English poets*)一文中指出的:"逝世以前,

---

① 《对莎士比亚晚期戏剧的评论——谨防误解》,殷宝书译,《莎士比亚评论汇编》(下),中国社科院外国文学研究所外国文学研究资料丛刊编辑委员会编,中国社会科学出版社,1985年,第378—380页。

莎士比亚曾模糊而异想天开地尝试过一种非悲剧性的解决办法，一种没有死亡的解决办法。人类试图远离腐败的资产阶级文明，在《暴风雨》里那个岛屿上，过一种安宁的高尚的生活，独自进行思索。这样一种生存也还保留着伊丽莎白时代的一个现实；那里有一个被剥削的阶级——卡利班，那个近似畜类的农奴——和一个暂时充当侍役的'自由的'精灵——爱丽儿，仙化了的自由工资劳动者。但这个乐土是不能持久的。演员们还是得回到现实世界里来。魔杖被折断了。《暴风雨》和它的神奇世界那种纯粹性和天真幼稚的智慧具有一种迷人的特征：那里面表现了对未来理想世界的一种离奇的预见——人类降服了大自然，使之为自己服务。"①从这个角度可以说，《暴风雨》是莎士比亚留给后人的一则天真寓言，迷人而非现实。

3.《暴风雨》的诗意浪漫性

无须说，《暴风雨》之深刻、之寓意在于其现实性，之巨大戏剧力、之经久艺术力，则源于其浪漫性。英国浪漫派莎评家萨缪尔·泰勒·柯勒律治（Samuel Taylor Coleridge，1772—1834）早在其《莎士比亚戏剧特点的扼要重述与摘要》一文中指出："《暴风雨》是纯粹的浪漫剧范本，它的兴趣不在历史，也不在描写的逼真或事件的自然联系，而是想象的产物，仅以诗人所认可或假设的要素的联合为依据。它是一种无须顺乎时间或空间的剧本，因此，在该剧中年代和地理学上的错误（在任何剧本中都不是不可宽恕的过失），是可原谅的，无关紧要的。

---

① 《英国诗人》，高逾译，《莎士比亚评论汇编》（下），中国社科院外国文学研究所外国文学研究资料丛刊编辑委员会编，中国社会科学出版社，1985年，第457页。

"这个浪漫剧以一个热闹的场面开始,非常适合于这种戏剧的性质,也仿佛给全剧的和谐发出一个基音。……这就是一场暴风雨的喧躁,其中真正的恐怖都被抽走;因此,它是诗意的,虽然,严格地说,是不自然的,……第二场从普洛斯彼罗的讲话到爱丽儿入场这一段,在我记忆中,这真是回顾性叙述最好的例子,其目的在激起直接的兴趣,使观众掌握为要理解戏剧结构所必须知道的全部情节。也请注意,普洛斯彼罗(仿佛就是暴风雨中的莎士比亚本人一样)在向女儿公布真情和自己的传奇事迹时,所挑选的时刻完全合情合理。在这魔法师身上任何可能引起我们不快的事情,都那么圆满地为他做父亲的人情或天然的感情所调和、所掩饰。在米兰达第一次的讲话中,她性格的纯朴和温柔立刻彰显出来;……在莎士比亚戏剧中,女性的各种气质都是神圣的,……她们以爱情的眼光看待一切事物,纵使她们犯情误,也仅仅是由于爱情的过度。……超自然的仆役在外貌和性格方面形成很好的对比。在爱丽儿身上处处表现出空气般的色彩,正像它名字的含义一样。……反之,卡利班完全是个泥土之驱,在感觉上和形象上完全是凝固的和粗糙的,他具有朦胧的理解力,没有理性或道德感,在他身上,正像在一些野蛮的禽兽身上一样,……在这种感觉上,当戏剧进行时,表现了斐迪南和米兰达对彼此的印象;那是一见倾心:'两人初相见,便眉眼传情。'在我看来,在所有真爱的情形中,爱情都是在一瞬间表达出来的,……第三幕一开始,两个情人谈爱的整个一场,是杰作。米兰达心中违背父亲命令的苗头,描写得很好,仿佛是圣经的诫命所起的作用一样:'你将要离开父母……'啊!这一场是以多么卓越的纯洁性蕴孕并实行出来的啊!"①

可以说,《暴风雨》之奇、之幻,皆因莎士比亚创造出爱丽儿。尽管爱丽儿在剧中曾装扮成"哈比"(鸟身女妖),但它是无性别的精灵。它始终渴望"回到元素(水、火、空气和土)里,自由自在"。卡利班与之形成鲜明对照,在这个半人类男性丑妖怪身上,有同阿隆索、安东尼奥、塞巴斯蒂安和斯蒂凡诺一样十足邪恶的人性。或因莎士比亚想给人性之龌龊留些余地,他将卡利班写成女巫西考拉克斯生下的怪胎,以使其巫性之恶超出人性之劣。

俄国文学批评家维萨里昂·格里戈里耶维奇·别林斯基(Vissarion Grigoryevich Belinsky,1811—1848)在《关于〈暴风雨〉》(该文原名《俄国和一切外国剧院剧本丛刊》,1840)一文中指出:"《暴风雨》,这个剧本不能说是这个伟大不列颠人的优秀作品之一,因为他的一切作品毫无例外都是优秀的作品,每一部都比另一部好,没有一部比另一部坏。比起他的其他的戏剧作品,《暴风雨》和《仲夏夜之梦》是莎士比亚创作的完全不同的世界——幻想的世界。《暴风雨》中的人物,从丑妖怪卡利班到快活的小精灵爱丽儿,从严肃的魔法师普洛斯彼罗到迷人的米兰达,他们好像影子一样,在深夜透明的雾霭中,从朝霞绯红的帷幕内,在花卉的芳香所构成的五彩云霞上,从您面前闪过。总而言之,莎士比亚的《暴风雨》是一出令人神往的歌剧,其中只差音乐,但它的

---

① 《莎士比亚戏剧特点的扼要重述与摘要·暴风雨》,[英]柯勒律治,刘若端译,《莎士比亚评论汇编》(上),中国社科院外国文学研究所外国文学研究资料丛刊编辑委员会编,中国社会科学出版社,1985年,第137—141页。

幻想的形式却给您留下最富于音乐的印象。……性格的独创性和真实性,它们的鲜明轮廓和明确表现,内容与形式在艺术上的相适应、完满性、完整性——这一切都是莎士比亚每部作品的不可剥夺的品质,这些品质应该或者全部谈到,或者一字不提。《暴风雨》的特点就是从幻想的因素所产生的这种朦胧神秘的色彩。您读完后,就仿佛做了一个惊悸不安然而甜蜜得令人心醉的梦。莎士比亚的幻想的对象是多么奇妙的迷人,多么无限的美好!请听听精灵爱丽儿的歌声吧:

爱丽儿	(唱。)
	快来这片黄沙滩,
	来了之后手牵手。
	屈个膝,吻个嘴,——
	风浪随之变平静。——
	舞步灵巧四处跳,
	可爱的精灵们,
	来齐声唱副歌。
众精灵	(幕内,歌声散乱。)
	听,听!汪汪!
	看门狗在叫:汪汪!
爱丽儿	听,听!我听见,
	昂首阔步的雄鸡叫:
	喔——喔——喔喔喔喔啼。

……

爱丽儿　　　　　（唱。）

你父亲躺在五寻深，

遗骨变成了珊瑚；

一双眼变成珍珠。

周身无一丝凋萎，

但经受海水转换，

化成华贵奇异之物。

海仙女每个钟点敲一下丧钟。

众精灵　　　　　（幕内。副歌合唱。）

叮咚。

爱丽儿　　听！我听见，——叮咚的钟声。

"何等丰富多彩的幻想！它揭示了现象深处生命精灵的神秘隐蔽所，赋予这些精灵以神奇诱人的形象，让它们住满了天空、大地、水流、森林……这就是真正的幻想对象的世界……但是《暴风雨》中也有许多别的因素：这里既有高级的正剧，也有滑稽的喜剧，还有奇妙的神话。这一切又是如此水乳交融，彼此交相渗透，构成了如此妙不可言的整本……《暴风雨》可以作为歌剧脚本的极好题材，如果有高明的人手来处理它的话。而性格呢？……单是米兰达就是一个充满诗意的美的完整世界。一个从小除了自己的父亲和没有丝毫男子概念的怪物卡利班从未见过任何人的少女，忽然同一个美少年相遇。——只有莎士比亚的画笔才能够描绘出年轻娇美、天真无邪的女郎，贞洁的心灵中逐渐萌发的爱情的惊人地真实的图画!"①

4.《暴风雨》:预言"辉煌的新世界"

长久以来,关于《暴风雨》的寓言性,似已形成一种共识:该剧乃莎士比亚回眸人生、总结生涯、告别舞台、展望人类美好未来之作。好像这无须多说,因为普洛斯彼罗的收场诗就是明证。

显而易见,普洛斯彼罗的"魔法"(art)等于莎剧艺术(art),"精灵"(spirits)则指向莎士比亚的创作灵感(inspiration)。

事实上,对该剧的索隐不止如此。再者,全剧落幕之前,在普洛斯彼罗的洞窟里,米兰达见到在剧中出现的所有人,充满惊奇地感叹并不由赞美:"啊,奇迹!这里怎么有那么多好看的造物!人类多么美丽!啊,辉煌的新世界!"这句著名台词仿佛一瞬间就变成《暴风雨》寓言的代名词,莎评家认为这反映出了作者的人文主义思想,莎士比亚在告别舞台之作的幻景中,为人类远景"描绘出一幅美丽的图画,人间充满着音乐和诗,充满着理解和爱,'人类多么美丽!啊,辉煌的新世界!'以往的一切不幸,只不过是历史过程中一场短短的噩梦而已,'暴风雨'的轰响将惊醒这可怕的噩梦,'暴风雨'将冲刷这污浊的大地,'暴风雨'将带来一个新鲜的、干净的、美好的新世界,在这个世界中,年轻一代,像米兰达和斐迪南那样,都将会有自己的锦绣前程,将要过着一种全新的,人们从没有过过的美满幸福的生活。这些都是这部戏剧的主要思想内容,也是它的重要的象征意义"。

---

① 《关于〈暴风雨〉》,李邦媛译,《莎士比亚评论汇编》(上),中国社科院外国文学研究所外国文学研究资料丛刊编辑委员会编,中国社会科学出版社,1985年,第437—441页。

除此,该剧的寓言性似乎还有一点:"把蒙在戏剧表面的一层虚幻迷雾拨开,我们看到原来普洛斯彼罗不是什么法师、魔术家,而是一个学者、科学家,他的所谓法术,也不过是他的研究所得,是他的知识、学问。他驱使爱丽儿为他服务,象征他对知识力量、对自然法则和客观规律的掌握,所以才能呼风唤雨,无所不为。知识就是力量是这个剧的重要主题之一。"[1]这倒也可变成另一句时下励志之言:知识改变命运! 不过,这里或许包含着最重要的一点,那就是由老臣冈萨洛代表的人性善。试想,若非冈萨洛预先得知安东尼奥欲除掉普洛斯彼罗的阴谋,提前做好稳妥准备,普洛斯彼罗和米兰达这对父女势必命丧暴风雨。

四、与哈罗德·布鲁姆对话

美国著名文学理论家、"耶鲁学派"批评家哈罗德·布鲁姆(Harold Bloom, 1930—2019)所写《莎士比亚:人类的发明》(*Shakespeare: The Invention of the Human*)是一部巨著,堪称英语世界近年来最新、最重要的莎学成果之一。布鲁姆为《暴风雨》写下长达22页的论述,[2]在此对其做一梳理,既可展示新观点,亦可提供新视角。

1. 对《暴风雨》的误读

布鲁姆认为,把生父为海妖、生母是女巫西考拉克斯的卡利班当成"非洲—加勒比英勇的'自由斗士'",是对《暴风雨》的严

---

[1] 参见《莎士比亚大辞典》,张泗洋主编,商务印书馆,2001年,第306页。
[2] 此处参考 Harold Bloom, *Shakespeare: The Invention of the Human*, The Berkley Publishing Group, pp.662-684。

重误读,这只能说明此类读者没读懂。在布鲁姆看来,这部以开场由普洛斯彼罗凭强大魔法掀起的暴风雨作为剧名的戏,源于蒙田那篇论"食人族"散文的激发,尤其剧中卡利班这个半人半怪物形象。故而,莎士比亚绝非想借卡利班来颂扬自然人,"《暴风雨》既不是一部关于殖民主义的论述,也不是一份神秘的遗嘱。它是一部极具实验性的舞台喜剧"。

布鲁姆觉得,《暴风雨》完全由克里斯托弗·马洛的《浮士德博士》催生而来,从其分析可知,在《暴风雨》舞台演出史上,剧中台词不过百行的卡利班曾一度盖过许多角色的风头。如在达文南特(Davenant,1606—1668)和德莱顿(Dryden,1631—1700)那部1667至1787年间不时上演的改编版音乐剧《魔法岛》(*The Enchanted Isle*)中,卡利班很早便喝得烂醉,醉到无法唆使针对普洛斯彼罗的阴谋。"这个卡利班(对我们今天高尚反叛的另一种嘲弄)在一个多世纪里,为喜剧歌唱演员提供了一个主要角色。在浪漫主义高潮期,这个神气活现、用真假音换唱的粗鲁之人,终被莎士比亚悲惨的'野蛮、畸形的奴隶'取代。"在此后的演出中,卡利班虽仍作为半人半怪物出现,却有了各种变化:一只四腿蜗牛;一只大猩猩;猴子似的丑八怪;1951年,变成一个尼德兰人;1960年,在彼得·布鲁克(Peter Brook,1925—2022)版《暴风雨》中,变成凶残的"爪哇人"(Java Man),并强暴了米兰达,占领整座岛屿;1970年,乔纳森·米勒(Jonathan Miller)将该剧背景设定在西班牙征服者科尔特斯(Hernán Cortés,1485—1547)和皮萨罗(Francisco Pizarro,1471—1541)所体现的西班牙海上帝国时代,卡利班成了在农场打工的南美印第安人,爱丽儿则是一个能识文断字的印第安农奴。等到了电影导演乔治·C.乌尔夫(George C. Wolfe, 1954—)的影片中,卡利班和爱丽儿变成两个看谁更恨普洛斯彼罗的黑奴。

2.《暴风雨》的暗示

布鲁姆认定,一部戏若没什么剧情,必把兴趣点放在别处。当然,普洛斯彼罗和爱丽儿都极具暗示性,前者更具有"反浮士德"特征,《暴风雨》的永久魅力之一在于把一个寻求复仇,最终转而宽恕一切的魔法师,与归属火与空气二元素的精灵爱丽儿,同归属土与水二元素的半人类怪物卡利班并置一处。

布鲁姆提出一个问题,莎士比亚创作《暴风雨》,"如果不是作为人,那作为一个剧作家,他要为自己做些什么?"并认为,莎士比亚并没打算写完这部戏就告老还乡,因为在1611年这一整年,47岁的莎士比亚就编了至少三部戏:《亨利八世》《卡迪尼奥》(失传)和《两个贵族亲戚》。

布鲁姆对比了哈姆雷特与普洛斯彼罗的不同之处:"哈姆雷特死于真相,普洛斯彼罗则可能活在一种困惑或至少活在一种迷惑里。由于普洛斯彼罗的故事并不悲惨,还略带喜剧性,在旧的意义上以幸福结尾(或至少以成功收场),尽管他重获政治权力,却似乎失去了精神上的权威。我无意说普洛斯彼罗失去了我们通常归因于悲剧的威望,特别对于哈姆雷特。相反,一个不付出精神代价获得知识的反浮士德权威,遗弃了普洛斯彼罗。离开这座魔法岛本身并不是普洛斯彼罗的损失,但折断魔杖、淹没魔法书当然构成自我削弱。这些去除魔法的象征也是流放的标志:回家统治米兰付出高昂代价才能恢复原位。普洛斯彼罗在作别魔法之时告诉我们,他甚至能让死人复活,这是基督教为上帝和耶稣保留的角色。成为米兰公爵不过是成为另一个统治者;遭遗弃的魔法如此强大,以至于对比之下,政治显得荒谬。"

在《暴风雨》中,爱丽儿的戏多于卡利班,普洛斯彼罗戏份更多。布鲁姆认为,作为剧名,《普洛斯彼罗》比《暴风雨》更恰当,这使他转向该剧真正神秘之处,即它因何如此诡秘地唤起浮士德的故事,"只为把传说变得面目全非?"根据基督教资料,早期"诺斯替教派""行邪术的西蒙"并非"受宠之人",去罗马时遭到讥讽。"在一次与基督徒的竞逐中,这第一任浮士德试图升空,结果摔死。随后的浮士德,大多把精神出卖给魔鬼,最大的例外是歌德,因为男童小精灵们把他的浮士德的灵魂带入天堂,他们胖乎乎的屁股蛋让梅菲斯特在同性的欲望中沉醉,致使当他留意到合法战利品被偷,为时已晚。"

布鲁姆认为,马洛的浮士德博士与普洛斯彼罗相比,是个失败的学者,由此,莎士比亚喜欢将这位自己早年的竞争对手剧中的浮士德与他笔下的普洛斯彼罗,做一"前景化的讽刺对比":"行邪术的西蒙"是施洗约翰的门徒,是个魔法师,他显然对自己没更受耶稣喜爱心怀不满。而莎士比亚在《暴风雨》中几乎未涉及基督教内容,所以,布鲁姆对结尾处受罚的卡利班向普洛斯彼罗屈服时,从嘴里冒出"恩典"(grace)一词最初颇为吃惊:"遵命,我会的。今后我要长脑子,寻求恩典。从前我是条六倍蠢的驴,把这酒鬼当成神,崇拜这个笨呆瓜!"

继而,布鲁姆又提出疑问:"这能说明以斯蒂凡诺取代赛特波斯作为自己神灵的卡利班,现在又转向神灵普洛斯彼罗?"布鲁姆认为,全部剧情结束之后,由扮演普洛斯彼罗的演员所说的"收场白",其措辞明显是基督教式的,尤其末两句"如同你们有罪希望宽宥,/恭请用赦罪状放我自由"。布鲁姆特别强调,使用由中世纪天主教会颁发且可购买的"赦罪状"(indulgence)一词,堪称"有胆识的智慧"。布鲁姆甚至觉得,普洛斯彼罗在《暴风雨》的幻景之下,对《旧约·民数记》中"暴躁易怒的耶和华"做了某种戏仿。

不过,布鲁姆觉得莎士比亚把普洛斯彼罗写得过于冷酷。何以如此?布鲁姆从以神话原型批评闻名的欧美文学批评巨擘诺思罗普·弗莱(Northrop Frye,1912—1991)话里找到答案:"一位疲惫焦虑、劳累过度的剧院经理兼演员,训斥懒惰的演员,用内行话夸赞那些好演员,惦记着闲散人员的工作,时刻意识到自己演出前时间有限,他神经紧张,警惕演出时出现故障,憧憬着平静的退休生活,但同时不得不走到台口,向观众乞求掌声。"

弗莱曾认定普洛斯彼罗等同于莎士比亚。由此,布鲁姆调侃弗莱,若从讽刺角度看,的确可从普洛斯彼罗这段包含向观众讨要掌声的话里,发现莎士比亚本人。因为莎士比亚在写《奥赛罗》之前,已不再登台演出,他既写戏,又兼剧院经理,累得疲惫不堪,意识到自己正变得日渐冷漠,"开放和自由的天性"渐行渐远。这可从莎士比亚晚期剧作一眼可见,晚期莎剧,除了《冬天的故事》里奥多利卡斯(Autolycus)这个角色,均无太多温情。

布鲁姆不认为普洛斯彼罗与文艺复兴时期的赫尔墨斯主义者,如乔尔丹诺·布鲁诺(Giordano Bruno,1548—1600)或约翰·迪博士(Dr. John Dee,1527—1608)一样,"在寻求对上帝的认知和一切灵知的追求"。普洛斯彼罗对基督教的启示漠不关心。由此,布鲁姆陷入困惑:"普洛斯彼罗的魔法,像莎士比亚的艺术一样,是审美而非神秘的?"显然,在布鲁姆眼里,普洛斯彼罗是个为智慧而智慧的真学者,而莎士比亚将普洛斯彼罗追求知识的行为非常成功地戏剧化表现出来。布鲁姆甚至说,"除了国王亨利五世之外,莎剧中再没有谁几乎同样成功"。换言之,"智慧"(非凡的魔法书)使普洛斯彼罗成为胜利的征服者。布鲁姆认为,莎士比亚为普洛斯彼罗设计这非凡的"魔法书",是为了与马洛笔下的浮士德博士形成对比。

3.爱丽儿与卡利班

布鲁姆认为,爱丽儿是"读懂普洛斯彼罗的最大线索",哪怕人们缺乏领会"这个伟大精灵"的帮手,哪怕许多批评家断言这个小精灵与《仲夏梦之梦》中的帕克几无相同之处。其实,爱丽儿和卡利班是解读普洛斯彼罗的两把金钥匙,缺一不可。当然,用布鲁姆的话说,莎士比亚意在使两者形成对比。有趣的是,布鲁姆对爱丽儿和卡利班的未来十分操心。在剧中,爱丽儿比卡利班登场早,在圆满完成普洛斯彼罗一切指令之后,终获自由。"做得不错吧?"是他对普洛斯彼罗说的最后一句话。反观卡利班,则"被普洛斯彼罗粗暴而不情愿地重新接纳"——"这黑咕隆咚的东西,/我承认,归我。"布鲁姆毫不怀疑,爱丽儿的未来将像自己所说,自由自在,非常愉快。而卡利班"将与养父(而非奴隶主)一同去米兰,继续中断了的教育。这一前景确乎有远见,却不会比许多莎剧里的婚姻之未来更令人战栗"。因为,在布鲁姆看来,"中世纪晚期相互攻击的比阿特丽斯(Beatrice)和本尼迪克(Benedick)并非一种幸福远景"。显然,布鲁姆以莎剧《无事生非》中的男女主人公比阿特丽斯和本尼迪克的关系,来暗示卡利班与普洛斯彼罗未来的相互关系,属于过度阐释。这实在是瞎操心,试想,莎士比亚设计出一个魔法岛,只为让普洛斯彼罗成为一岛之主时,才具有驱使爱丽儿、制服卡利班的法力。换言之,只有当普洛斯彼罗成为超人类时,才能与非人类的爱丽儿、半人类的卡利班发生联系,他们之间的一切关联,岛上的唯一人类米兰达从未亲眼见过。卡利班之所以要谋害普洛斯彼罗,一个重要原因是,他认定普洛斯彼罗夺去了他女巫老娘西考拉克斯留给他继承的这座荒岛。十二年前,当普洛斯彼罗和不满三岁的米兰达被安东尼奥抛向大海时,爱丽儿还被西考拉克斯的巫术囚禁在岛上一棵松树的树缝里。而对卡利班来说,在普洛斯彼罗登岛之前,他是一岛之主,这岛是属于他的。因而,当普洛斯彼罗实现一切目标,宽恕仇敌,恢复威权,放弃魔法之后,等于卡利班也迎来了自由。

与爱丽儿和卡利班这两个非人类相比,《暴风雨》对剧中人类形象的描绘明显缺失,这只能理解为是莎士比亚故意为之。照布鲁姆理解,这是莎士比亚要把他的观众都变成米兰达,"坐着别动,听我们海上伤心事最后一段"。这是莎士比亚的艺术匠心,他以普洛斯彼罗的回忆讲明,正是十二年前阿隆索、安东尼奥给父女俩造成的"伤心事",招致普洛斯彼罗的"暴风雨"。如布鲁姆所说,风暴是普洛斯彼罗指令下的爱丽儿的作品:"重要的是,它是一部大海的虚构作品,是一场最终让每个人都变干爽的滂沱大雨。无人在剧中受伤,普洛斯彼罗对所有人都给予宽恕,作为对爱丽儿最人性化时刻的回应。在《暴风雨》中,除了大海,一切溶解。从某个角度看,大海即溶解本身,但在这部独特的剧中显然并非如此。《暴风雨》中没有(《辛柏林》中的)伊摩琴(Imogen)或(《冬天的故事》中的)奥多利卡斯;人物性格似乎不再是莎士比亚的主要关注点,何况,这也不适用于非人类的爱丽儿和半人类的卡利班。对于莎士比亚,幻景喜剧并不是一种新体裁;《仲夏夜之梦》是(织工)'线轴'(Bottom)的戏,但也是(小精灵)'帕克'(Puck)的戏。尽管如此,与《辛柏林》和《冬天的故事》不同,它根本不是一种对暴风雨过程的重演。不可思议地是,它似乎是一部开山之作,一种不同的喜剧模式,一种贝克特试图以《终局》与之竞争的模式,一种《哈姆雷特》与《暴风雨》的交融。"

4.《暴风雨》的喜剧性

《暴风雨》在"第一对开本"剧目排序中位列"喜剧篇"之首,可见在编者心底,该剧体裁属喜剧无疑。而在把《暴风雨》称作"舞台喜剧"的布鲁姆眼里,"只要普洛斯彼罗在舞台上,我们便很难认可《暴风雨》是一部喜剧。……第二幕因普洛斯彼罗没露面,美味的幽默油然而生"。似乎普洛斯彼罗成了《暴风雨》戏剧效果的绊脚石,的确,透过全剧不难发现,普洛斯彼罗之存在,仿佛专为削弱或抑制《暴风雨》喜剧性的增强与扩展。但这似乎正是莎士比亚独具匠心的结构设计,否则,该剧便称不上亦庄亦谐、亦悲亦喜,其中,"亦庄""亦悲"的责任,几乎全落在普洛斯彼罗一人身上;对其忠诚的老臣冈萨洛分担部分责任。除他俩之外,剧中其他角色,哪怕邪恶的安东尼奥、塞巴斯蒂安,都或多或少带有喜剧色彩,更不用说莎士比亚专门用来制造笑料的斯蒂凡诺和特林鸠罗。换言之,普洛斯彼罗是全剧结构之核,整个剧情的展开、喜剧性的"亦谐""亦喜",皆在他"亦庄""亦悲"的牵动与掌控之下,好似这"谐喜"被那"庄悲"施了魔法,乖乖听话,如同想抵抗他的斐迪南着了魔法动弹不得。反之,若喜剧性失了控,《暴风雨》则可能又变成一部早期喜剧那样戏谑的欢喜,甚或欢闹喜剧,那样一来,其现实性将大打折扣。更何况,莎士比亚要凭借爱丽儿和卡利班写出传奇幻景。第一幕第一场,写水手们在暴风雨中如何慌乱,想必观众、读者会随之揪心,时刻担心"船裂了,船裂了,船裂了!"第二场前半段,写普洛斯彼罗向米兰达讲述十二年前"伤心的故事",没显出丝毫戏剧性,直到后半段爱丽儿登场,尽管整个氛围仍笼罩在暴风雨之中,但喜感的萌芽瞬间滋生。

第二幕普洛斯彼罗没露面,确如布鲁姆所说,整幕戏溢满"美味的幽默"。在暴风雨中落水、漂上荒岛的所有人,谁都不可能事先知情:他们将被一场由普洛斯彼罗指令爱丽儿"上演"的暴风雨弄上这座魔法岛。他们庆幸自己大难不死,惊魂稍定,便开始群口相声般的调侃。

由此,布鲁姆分析认为,《暴风雨》某种程度上"是对先知以赛亚幻觉中巴比伦毁灭的复杂暗示"——"巴比伦的处女啊,下来坐在尘埃;啊,迦勒底人的女儿,没有宝座,要坐在地上,因为你不再被称作娇嫩、柔和①。安东尼奥,普洛斯彼罗的篡位兄弟;塞巴斯蒂安,打算篡夺哥哥阿隆索那不勒斯国王之位,二人

---

① 日内瓦圣经《旧约·以赛亚书》47:1;"Temperance"(音译"坦佩兰斯")清教徒中一个女人的名字,兼有"平静"(calm)、"贞洁"(chaste)之意,也表示温和的气候。

当属剧中无可挽救的恶棍。冈萨洛和阿德里安,更为和善,成了这讨厌的二人组的笑柄,但这笑话在更深层面上针对的却是嘲笑者,因为《旧约·以赛亚书》的典故是等待作恶者堕落的一种警告。眼前的喜剧是,冈萨洛和阿德里安有更真实的视角,因为这座岛(尽管他们不知情)施了魔法,而安东尼奥和塞巴斯蒂安是野蛮的还原论者,他们自己'整个全弄错'。观众也许开始明白,视角统领着普洛斯彼罗岛上的一切,既可把这座岛视作荒漠,也可视为天堂,皆取决于观者。"

"《旧约·以赛亚书》和蒙田在冈萨洛随后的狂想曲中融为一体:他若在岛上当了国王,将建立一个理想联邦。塞巴斯蒂安和安东尼奥对这一迷人前景的讥讽,使我们对他们企图谋杀熟睡的阿隆索和冈萨洛有所准备,在爱丽儿干预下,二人得以保命,这段比喜剧比赛更夸张的插曲让我们认真领会,在卡利班与国王阿隆索的弄臣特林鸠罗和他永远贪杯醉酒的兄弟斯蒂凡诺的会面中,喜剧再度归来。"

事实上,在卡利班这个"舞台提示"为"一野蛮、畸形的奴隶"的"(非人类)人物形象"身上,强烈体现出一种悲剧性的喜剧感,也可说悲喜互生,或许也是因此,即便卡利班算不上全剧最成功的一个角色,也无疑是最有畸形幽默味儿的一个。尽管他貌丑性恶,却不属面目可憎一类。他对普洛斯彼罗的深仇大恨其来有自,和情和理:"我得吃饭。这岛是我娘西考拉克斯给我的,你从我手里夺去。你刚来那会儿轻抚我,善待我,给我里面放了浆果的水喝,教我怎么给白天和夜里发光的大光、小光起名字。我由此敬爱你,带你看岛上一切资源,清泉、盐坑、荒地、沃土。你居然那么做,真该受诅咒!愿西考拉克斯的所有符咒——癞蛤蟆、甲壳虫、蝙蝠——都落在你们身上!因我早先给自己当国王,而今成了您唯一臣仆。您把我圈禁在这粗硬的岩石里,同时把我与全岛隔离。"

卡利班除了不断诅咒普洛斯彼罗,别无他法:"愿太阳从泥塘、沼泽、浅滩吸收的一切瘟疫,都落在普洛斯彼罗身上,叫他一寸一寸染病!他手下的精灵能听见,那我也要诅咒。好在,除非他下令,他们倒既不会掐我、变扮成淘气鬼吓唬我、把我扔泥坑里,也不会像黑暗中的磷火引我迷路。但为每一件零碎事,他就派他们来攻击我:有时像猿猴,冲我做怪相,吱吱吱地叫,然后咬我;有时又像刺猬,在我光脚走的路上躺着打滚,刺朝上,扎我脚;有时我全身被蝰蛇缠住,它们用分叉的舌头发出嘶嘶声,弄得我发狂。"

很明显,单戏剧效果来说,喜剧性的台词使卡利班的恶毒诅咒充满活力。就不甘受奴役的卡利班内心而言,他像爱丽儿一样,对自由充满渴望,因此,当他自认可以把斯蒂凡诺当成新的神明膜拜时,瞬间洋溢出由衷的快乐,仿佛已从普洛斯彼罗魔掌之下逃离出来:

> 卡利班　　　　(唱。)
> 　　　　　　不再筑坝去捞鱼,
> 　　　　　　不再听话弄柴火,
> 　　　　　　不再擦木盘、洗菜碟,
> 　　　　　　班,班,卡——卡利班

有了一位新主人。找个新人吧。

自由,放假!放假,自由!自由,放假,自由!

第二幕整幕喜剧在卡利班这段庆祝获得自由的"唱白"中落幕。然而,自此以后,卡利班体内那来自女巫老娘西考拉克斯的非人性之残暴兽性,终于释放出来。如布鲁姆所言,卡利班的复杂性在第三幕中大大增加,他要向普洛斯彼罗复仇,他撺掇斯蒂凡诺刺杀普洛斯彼罗:"哎呀,我告诉过你,他有个习惯,要睡午觉。到时候,先夺走他的书,就能把他脑浆打出来。要么,用一根原木连续猛击他头骨;要么,用一根木桩捅他肚子;要么,你用刀子割他气管。记住,先拿书,因为,没了书,他顶多算个呆瓜,跟我一样,一个精灵也使唤不动。他们都恨他,跟我一样,恨到根子上。只要烧了书。"不可谓不阴毒!可惜,这一暗杀图谋没逃过普洛斯彼罗的法力,三个人不由自主在爱丽儿小鼓和木笛声的迷惑下走向普洛斯彼罗洞窟前的一片树丛,等待普洛斯彼罗审判。一路之上,蒙在鼓里、做着复仇美梦的卡利班,给斯蒂凡诺和特林鸠罗打气鼓劲:"不用怕,这岛上充满音乐、乐声和甜美的曲调,听着快乐,不伤人。有时候,一千种乐器共鸣,在我耳边嗡嗡响;有时候,如果我刚睡了一长觉醒来,歌声便催我接着睡;随即,在梦里,我觉得云朵敞开,露出财宝,随时会落在我身上。等我醒来,我喊着再回梦里。"

在此,布鲁姆不由发出赞叹:"莎士比亚在卡利班身上发明出半人形象,令人惊讶地将幼稚和孩子气融为一体。作为观众,我们被幼稚、可怕的,要猛击普洛斯彼罗头骨,或用一根木桩捅他肚子,或用刀割他气管的这些幻想击退。但只过了片刻,在卡利班精致、孩童般狄更斯式梦境的感染力之下,我们深为感动。我们学术界和戏剧界的思想家们,现在希望卡利班远不止成为一个英雄的反抗者,卡利班凭其是一个真实的、无法忍受遭遗弃处境的又丑又蠢的怪孩子,成了莎士比亚式家庭罗曼史最绝望的代表。"

最后,回到普洛斯彼罗的"亦庄""亦悲"。事实上,普洛斯彼罗并非真"冷酷",他实在是外冷内热,他的冷源自人性恶的戕害,他的热出于对米兰达的挚爱。某种程度上甚至可以说,他掀起暴风雨,既为向篡夺他米兰公爵权位及公国的弟弟安东尼奥复仇,更为把心爱的女儿米兰达嫁给那不勒斯王子斐迪南。剧中虽未明说这由他凭强大魔法预测出来,却明确暗示,他已相中斐迪南做未来女婿。所以,他才指令爱丽儿把斐迪南单独带到"岛上一处偏僻角落"。他阅尽沧桑,老谋深算,要通过强迫斐迪南搬运一千根原木考验他对米兰达的爱情,期待一个皆大欢喜的结果——把米兰公主嫁给那不勒斯王子。恰如冈萨洛在剧终前不久所言:"把米兰公爵从米兰公国赶走,是为了让其子孙成为那不勒斯国王?啊,欣喜之情超过寻常的快乐,把它用金字刻在不朽的纪念柱上。一次航程,克拉丽贝尔在突尼斯找见丈夫,她弟弟斐迪南在迷途之地找见妻子,普洛斯彼罗在一座贫瘠的岛上找回公国。我们所有人,无一不在迷失自我之时找回自己。"《暴风雨》悲中见喜之浪漫传奇,即在于此。这正是《暴风雨》的思想核心和艺术魂魄!在人类现实的"辉煌的新世界"里,人们经常会迷失自己,却又时常"在迷失自我之时找回自己"。

意味深长的是,莎士比亚以其细腻、犀利的戏剧之笔,在第四幕第一场先写普洛斯彼罗将米兰达托付给经过爱情考验的斐迪南:"那好,作为我的赠礼,也是你自己应得之物,接受我女儿。但你若在伴着完整、神圣的仪式,进行一切神圣的婚典之前,先打破她处女的纽带,诸天将永不叫甜美的甘霖降临,让这份婚约成活。相反,不孕的憎恨,目光尖酸的轻蔑与夫妻不睦,将遍布你们结合的床榻,与如此可厌的野草相伴,叫你们都心生痛恨。为此,要慎重,因为海门的火炬将照耀你们。"然后,命令爱丽儿"上演"一场"幻景假面剧",庆祝这对新人订婚。温情的父爱使他沉醉其中,竟险些忘掉近在眼前的危险。不过,在布鲁姆看来,从诗意的角度,"这场娱乐是《暴风雨》的低谷,我认为,在某些地方,它可能是对宫廷假面剧的刻意模仿,莎士比亚写戏之际,琼森正为詹姆斯一世编写这类假面剧。远比假面剧本身更重要的是其中断方式,假面剧中断之时,普洛斯彼罗突然遭受了魔法的关键性考验。他突然开始说话,刚一开口,假面剧消失不见:'畜生卡利班及其同谋要害我性命,我忘了那个邪恶阴谋。他们谋划的时间差不多到了。'"

其实,这完全可以用来解释普洛斯彼罗为何总那么一副"冷酷"面相。因为若非如此,在安东尼奥那样的人性恶魔和卡利班那样的野蛮畸形怪物的世界里,他性命难保,一旦丢命,女儿米兰达及未来米兰和那不勒斯两个王国的一切,瞬间化为泡影。因此,当扮演"伊丽丝"的小精灵"跳起乡村舞蹈","众收割者身着适当服装上,与众仙女合跳一支优雅舞蹈;结束前,普洛斯彼罗猛然起身说话。话落,响起一阵奇异、低沉、混乱的声音,众舞者缓缓消失"。普洛斯彼罗的举动吓住了斐迪南,他对米兰达说:"真奇怪,您父亲动了气,气性很冲。"米兰达回复:"到今天为止,我从未见他那样发火、脾气那么坏。"这对未经世事、不谙世态的情侣哪能知晓,即将到来的时刻性命攸关。

普洛斯彼罗感觉到自己失态,随即凝神静气,以关爱的口吻缓缓地说出全剧最富诗性哲理的一段台词:"我的女婿,您神情透出悲伤,好像很担忧。高兴起来,先生,我们的娱乐表演到此结束。我们这些演员,如我所说,原本都是精灵,已化为空气,化为稀薄的空气,而且,如同这没有根基的虚物幻景,耸入云端的高塔,华美的宫殿,庄严的神庙,伟大的地球自身,对,及其所有的一切,都将消散,好似这场虚幻的演出逐渐消失一样,不留一丝云烟。"有意思的是,正因台词中提及"伟大的地球自身"(the great globe itself),牵引出后世的一种"传统解读",将《暴风雨》视为莎士比亚向他的"环球(剧场)"(Globe)告别。真不知该说这属于过分简化,还是过度引申。

第五幕第一场,当普洛斯彼罗对自己凭魔法之力搞定一切成竹在胸之时,他终于一脱惯有之"冷酷",露出诚挚深情的人性温度,用布鲁姆的话说,"在命令爱丽儿释放那不勒斯国王和其他贵族之后,普洛斯彼罗在一场关于放弃的伟大演讲中,达到自己反浮士德主义的顶峰"。无论以前在米兰害过他的罪人,还是在魔法岛内图谋杀死阿隆索和冈萨洛的恶棍,以及要取他性命的卡利班一伙儿,他一概宽恕,并郑重宣布放弃魔法:

你们这些丘陵、小溪、宁静湖泊和树丛中的精灵;还有你们,以无痕的脚步在沙滩上追逐消退的尼普顿,等他一回来又飞逃;你们这些木偶一半大的小精灵,在草地上弄出的"绿色小酸圈",母羊都不吃;还有你们,把造"午夜蘑菇"当消遣,一听庄严的晚钟就欣喜;靠你们相助——虽说你们是脆弱的精灵——我曾遮暗正午的太阳,唤起反叛的风,在绿色大海与蔚蓝色穹顶之间,引发呼号的战争。我把闪电给了咯咯作响的可怕雷声,用周甫自己的霹雳,劈开他结实的橡树。我使根基牢固的岬角震颤,把松树和香柏连根拔起。坟墓听命于我,唤醒长眠之人,敞开,凭我强大的魔法放他们出来。(用魔杖在地上画一圆圈。)但这粗暴的魔法,我发誓放弃。等我召唤些上天的音乐——现在我就召唤——让我的目的,在对为他们而设的这空中符咒唤醒感官之时,我就折断魔杖,埋入几寻深的地下,把我的魔法书沉入测深锤永远探不到的更深处。

这篇"演讲"典型体现出"《暴风雨》的诗性力量",而这可能就是"莎士比亚的诗性力量"。不过,布鲁姆对普洛斯彼罗主动"声言放弃"有所怀疑,他认定普洛斯彼罗即便宣布放弃,魔法犹在,因此,这"听起来更像对权力的巨大维护,而非退出权效。……假如他不再指挥精灵,为何安东尼奥和塞巴斯蒂安毫无悔意,却不对普洛斯彼罗有任何行动?当普洛斯彼罗对塞巴斯蒂安和安东尼奥旁白,说自己知道他们针对阿隆索国王的阴谋,但'这种时候我不想透露内情',这时,他们为何不砍倒他?塞巴斯蒂安只嘟囔了一句旁白'魔鬼在他体内说话',的确,从恶棍们的视角,魔鬼确实在普洛斯彼罗身上栖居,他叫他们感到害怕。普洛斯彼罗可能仍试图放弃魔法,但人们完全不清楚,他那超自然的威权将永远抛弃他。剧终时他深沉的忧郁或与他所说放弃魔法无关"。

对于布鲁姆的一连串疑问,真不知如何作答。也许,莎士比亚没有布鲁姆想得这么复杂、深奥。也许,《暴风雨》就像梁实秋所说,"终究是一个浪漫故事,比较的严重处理了的浪漫故事,内中充满了诗意与平和宁静的气息,如是而已"。在梁实秋眼里,《暴风雨》的写作也好,暗示也罢,均十分简单,它"与《仲夏夜之梦》有一个共同的特点,很明显的都有庆祝婚姻的场景。若说这两出戏仅仅是为庆祝贵族婚姻才写的,并且除了庆祝之外别无其他意义,那不是适当的估量。莎士比亚写《暴风雨》的动机,也许是为了供奉皇家,但是我们现在鉴赏《暴风雨》时,不能不承认此剧有更严重的意义。没人能否认,莎士比亚最后一个时期的作品,如《佩里克里斯》《辛柏林》《冬天的故事》及《暴风雨》,都有一种'和解'(Reconciliation)的意味,好像是表示一位老年人阅世已深,已经磨灭了轻浮凌厉之气,复归于冲淡平和之境。在这一点上,《暴风雨》异于《仲夏夜之梦》。

"但是给《暴风雨》以极端的象征主义的解释,那也是不健全的。……把普洛斯帕罗认为是莎士比亚自己,这已经成为一种传统的解释。弗兰克·哈里斯(Frank Harris,1856—1931)所作《莎士比亚其人》(*The Man Shakespeare*)把这种解释推到极端,他公然地说:'我们从普洛斯帕罗所得到的莎士比亚的画像,是惊人的真实而巧妙。'(第347页)'这《暴风雨》是何等的一出戏!

莎士比亚终于看出了他自己的本色,是一位没有国土的帝王;但是一位很'有力的魔术'的专家,一位大魔术家,以想象为随身的侍从的精灵,能点化沉舟,能奴使敌人,能任意捏合情人;所有的力量都用在温柔仁厚上面。……'(第355页)。我们若信任这象征主义的方法,把《暴风雨》当作'比喻'(allegory)看,我们还可以发现许多有趣的解释,爱丽儿是一个象征,米兰达也是一个象征,卡利班也是一个象征,……我们不必把《暴风雨》当作'比喻',我们越想深求它的意义反倒越容易陷入附会的臆说。莎士比亚在《暴风雨》里所用的艺术手段与在其他各剧里所用的别无二致。他在《暴风雨》里描写的依然是那深邃繁复的人性——人性的某几方面。他依然是驰骋着他的想象,爱丽儿和卡利班都是他的想象力铸幻出来的工具,来帮助剧情的发展。《暴风雨》不一定是最后一剧,所以普洛斯帕罗也不一定就是莎士比亚自己"。[1]

---

[1]《暴风雨·序》,《莎士比亚全集》(第一集),梁实秋译,中国广播电视出版社,1995年,第9—10页。